IO RITORNO DOMANI

FLAVIO GIRARDELLI

Youcanprint *Self-publishing*

Titolo | Io ritorno domani
Autore | Flavio Girardelli
Copertina by Uniquedesignxx www.melarts.com
Photo by Flavio Girardelli - Cima d'Asta e Caldenave
ISBN | 978-88-91165-81-7

Youcanprint Self-Publishing
Via Roma, 73 - 73039 Tricase (LE) - Italy
www.youcanprint.it
info@youcanprint.it
Facebook: facebook.com/youcanprint.it
Twitter: twitter.com/youcanprintit

ESTATE

Estate. Domenica, sole alto, caldo, l'orizzonte che sembrava ondeggiare nell'aria, quasi ballare grazie all'afa che saliva dall'asfalto. Un gruppo di amici in direzione del Lago di Garda su un furgoncino, il Volkswagen Kombi che chiamavano, per le sue prestazioni su strada, affettuosamente Camomilla.

Era di colore azzurro, un po' sbiadito, con alcuni disegni sulle fiancate: su quella sinistra un'enorme chitarra e sulla destra una grossa aquila. Sosteneva il paraurti un vistoso fil di ferro, escamotage trovato in seguito ad una retromarcia incauta, durante la quale Lorenzo si accorse che i muri, anche se bassi, difficilmente si piegano. Speravano di non essere fermati dalle forze dell'ordine, che questa volta avrebbero avuto buoni motivi per rifilar loro una multa salata o magari sequestrare il mezzo. Poverino, questo furgone era vecchiotto, e si notava bene anche dagli interni: i sedili in tessuto rosso, avevano appena accennato il loro colore originario ormai consumato, però ben visibili vivevano macchie di ogni tipo, e il cruscotto completamente coperto da adesivi e scritte varie. Gliel' aveva donato Peter, lo zio tedesco di Giorgio che abitava ad Hannover, per i suoi diciotto anni, lo aveva custodito per molto tempo proprio per quel nipote che come lui suonava in un complesso e nel quale si rivedeva giovane. Gli amici definivano Camomilla "la mitica" dato che con lei avevano fatto diverse battaglie, fin da quando erano diciottenni: concerti, montagna, mare, avventure in mezza Italia e persino scorribande all'estero.

Avevano i piedi fuori dal finestrino e giù a cantarsi canzoni di Vasco, il Liga, Springsteen, Bob Marley per poi spararsene un paio dei gruppi della zona, come i famosi Bastard, fino a far tremare il povero furgoncino mettendo a dura prova le sospensioni con la frenetica musica degli Squirties, la band in cui suonava il loro caro amico Joe Barbarossa, un soprannome che gli avevano affibbiato per via della sua lunga barba a treccine rosse stile rasta. C'era aria di vacanza dopo mesi passati a lavorare duro. Un'aria un po' pesante, almeno nell'abitacolo, dato che praticamente avevano fatto festa fino all'alba e odori di ogni genere vagavano al suo interno.

I sedili erano pieni di briciole e qualche lattina di birra vuota ci rotolava senza meta. Si aggirava pericolosamente anche un calzino nero, che svolazzava qua e là maleodorante, ma nessuno si prendeva la responsabilità del suo riconoscimento.

Erano amici d'infanzia. Tutti sui ventitré. Avevano lasciato le morose a casa per una rimpatriata fra amici. Un weekend insieme dopo ben tre anni ci voleva proprio. L'incontro li faceva tornare ragazzini. Una giornata al lago a perdersi come ai vecchi tempi.

Del gruppo mancava solo Alessandro perché la sua ragazza proprio non voleva che andasse con loro. Diceva che lo portavano sulla cattiva strada. Che illusa.. la poverina credeva di averlo messo in riga riportandolo in chiesa e non permettendogli mai di uscire la sera se non con lei. In effetti lo teneva in riga, ma la " segregatrice" non sapeva che, appena gli si presentava la possibilità, il suo caro Alessandro frequentava volentieri anche la sua migliore amica. Inoltre, sempre di nascosto, una volta al mese scappava coi colleghi di lavoro a bersi un bel po' di birre, e poi ogni tanto una toccata e fuga al night a godersi qualche spogliarellista. Comunque ora loro erano in viaggio e chi non c'era, beh, pazienza, stava sicuramente perdendo un bel momento fra amici.

E fra gli amici c'erano Giorgio detto il cappellone o il metallaro, che suonava la chitarra elettrica in un gruppo della zona. Aveva un grosso tatuaggio a forma di aquila sulla schiena, mentre sul petto dove batte il cuore troneggiava fiera una Gibson. Per non parlare degli otto orecchini sparsi sui lobi e di un paio di piercing, uno sul capezzolo destro e uno sul naso. Aveva la musica nel sangue e lo apprezzavano in molti; oltre agli amanti del metal, anche le ragazze stravedevano per questo dannato. Ma lui era un ragazzo serio e fedele, stava ormai da cinque anni con la sua Patty che lo seguiva entusiasta a ogni suo concerto. Non gli passava per la testa di tradirla ne' di mettere in dubbio la loro storia, erano una bella coppia ed entrambi profondamente innamorati .

Tutti, bene o male, da adolescenti avevano provato a suonare, prima la chitarra e poi qualcos'altro. Spesso venivano presi dall'entusiasmo e dal senso di emulazione per i propri idoli ma si scoraggiavano velocemente dopo i primi tentativi e gli scarsi risultati. Tra i suoi amici solo Giorgio alla fine aveva continuato a coltivare questa passione; purtroppo, anche se bravo, la musica non gli bastava per vivere. Ma la soddisfazione era tale che lui non mollava e alternava le sue serate fra concerti e il lavoro di barista in un piccolo locale sulla statale della Valsugana.

C'era poi Lorenzo il timido, fra loro sicuramente anche il più tranquillo e con la testa sulle spalle: fosse pure cascato il mondo, lui non si scomponeva. Più di una volta, aveva tirato fuori dai guai i suoi amici, intervenendo al primo accenno di rissa o riportandoli a casa quando capitava si ubriacassero in condizioni pietose. Era alto circa un metro e ottanta, novanta chili di stazza, viso rotondo e pacioso, capelli neri, occhi verdi e un bel sorriso. Aveva un naso molto pronunciato e per questo lo soprannominavano "aquilone" (nel senso di aquila con il becco grande). Non concepiva il tradimento, né la superficialità. Stava ultimando gli studi come ingegnere meccanico, con ottimi risultati e vedeva il suo futuro realizzarsi con ogni probabilità in una delle aziende della zona dove il lavoro in quel settore non mancava.

Un altro della compagnia, che indubbiamente non passava inosservato, era Augusto detto "il colosso": mastodontico, alto un metro e novantacinque per centoventi chili. Un medico mancato, per sua madre, che avrebbe voluto vederlo in camice bianco mentre lui aveva scelto la carriera di architetto. Gli mancavano solo pochi esami e la tesi ma già si capiva che davanti a sé aveva una vita brillante e un futuro ricco di grandi opportunità. Qualche studio tecnico si fece avanti offrendogli un tirocinio post laurea ma, essendo comunque figlio di un noto e ricco costruttore di dighe e ponti che lavorava molto in Cina, Augusto sapeva bene che il suo prossimo futuro si sarebbe realizzato in quel paese. La sua passione per il cibo era pari a quella per le donne che puntualmente tentava di conquistare grazie alle sua innata grande simpatia. Nel caso servisse, usava anche il portafoglio, mai tristemente vuoto, e l'aspetto fisico: a dispetto della stazza aveva un viso davvero bello nei lineamenti, dava una sensazione di delicatezza e dolcezza. Inoltre si sapeva porre in maniera gentile e affabile. Insomma, un "tombeur de femmes". Una volta conquistata la sua preda puntualmente finiva per tradirla. Non ce la faceva proprio a essere fedele!

E poi c'era Emanuele, definito l'astemio dagli amici, che in quel momento stava al volante del furgoncino. In realtà lui un paio di bicchieri li beveva ma solo di vino e unicamente di quello che produceva. A differenza degli altri era nato fuori dalla provincia di Trento, nel Veronese. Si trasferì da bambino con la sua famiglia nel capoluogo trentino per motivi di lavoro del padre, un importante dirigente aziendale. Inizialmente aveva vissuto la cosa in modo piuttosto traumatico ma poi si era ambientato. Finite le scuole medie e quelle professionali, aveva cominciato a inseguire una grande passione nata nelle splendide campagne che circondavano Verona, passione che ben presto divenne la sua attività: coltivatore di vigne, e in pochi anni aveva aperto anche una piccola cantina dove, con grande orgoglio, vendeva sfuso il suo vino. Emanuele era l'unico del gruppo che aveva già messo le basi per un solido futuro familiare, in cui ovviamente contemplava il matrimonio con la sua adorata Giuliana.

Arrivarono al parcheggio lungo il lago. Stranamente quella giornata generosa di sole non aveva richiamato la solita folla di gente che invadeva in maniera caotica i parcheggi e le passeggiate attorno al lago. Parcheggiata Camomilla, si avviarono con zaini in spalla verso uno spicchio di spiaggia dove andavano spesso a passare i weekend fin da quando avevano diciotto anni. Era davvero bella quella spiaggia, vicina a un parco, con un chiosco per prendere qualcosa da bere o per mangiare un gelato. A pochi metri ci stava un piccolo molo. Si poteva ascoltare il frangersi delle onde, che poi formavano una nuvola di goccioline immediatamente trasportata via dalla brezza. La scarsa affluenza permise loro di conquistare delle postazioni e delimitare con gli asciugamani la zona migliore. Sul lago lo spettacolare riverbero di luce faceva brillare l'acqua e tutto il paesaggio circostante. Si misero in costume, si spalmarono un po' di crema sul corpo, convinti che altrimenti non avrebbero preso neppure un'ombra di colore. A parte Lorenzo, più preoccupato delle scottature che di una bella abbronzatura; infatti usò quasi mezzo tubetto di protezione solare massima. Un quantitativo di crema tale da avere faccia e corpo completamente impiastricciati, ricoperti da una patina bianca e oleosa.

Per questo gli amici non persero l'occasione di prenderlo in giro. Lorenzo aveva un terrore ossessivo delle scottature perché una volta, in spiaggia, quando era molto piccolo, sua madre lo aveva sistemato su una sdraio, con metà corpo all'ombra e le gambe esposte ai raggi del sole. A fine giornata se le ritrovò praticamente ustionate.

Si distesero sull'asciugamano e cominciarono a godersi un po' di sole sulla pelle. Nel giro di qualche ora arrivarono altre persone ad assaporare come loro quello spettacolo di giornata. Coppie, single, gruppi di amici, tipi con dei costumi assurdi che ovviamente erano per loro motivo di battute di spirito e risate. Quando poi passavano le ragazze facevano i vaghi e fingevano di guardare da un'altra parte, ma con la coda dell'occhio le squadravano da cima a fondo, soffermandosi sulle zone che ritenevano più interessanti. Fino a quando non passò anche una ragazza in topless. A quel punto l'Augusto fece l'atto di alzarsi per dirigersi verso di lei ma fu afferrato per una gamba, tirato nuovamente a terra e scherzosamente aggredito, fra le risate di tutti, con giornali, asciugamani e quant'altro poteva capitar loro fra le mani in quel momento.

Erano le sette di mattina, ma Francesca non vedeva l'ora di uscire dalla stanza d'albergo per andare a trascorrere il suo ultimo giorno di vacanza in Trentino. Laureata da poco in economia e commercio, era al settimo cielo. Terminata l'estate avrebbe iniziato il tirocinio professionale con una mansione importante in un'azienda vicentina, ma soprattutto sarebbe andata a vivere da sola, lontana da casa e senza genitori al seguito. Loro, in occasione della laurea, le avevano regalato una vacanza e per il suo rientro avevano pronto il secondo dono, frutto di una promessa fatta quando aveva iniziato gli studi universitari: un biglietto per un viaggio in Giappone.

I suoi genitori avevano una grossa azienda padovana di prodotti aerospaziali. Suo padre Raimondo era del posto mentre la madre Maria di origini calabresi. Si conobbero durante una vacanza in cui Raimondo, andò con degli amici a Tropea. Lui la notò subito, quella splendida mora: occhi profondi, grandi e neri, seno prosperoso e fianchi generosi. La classica ragazza mediterranea. Non senza fatica riuscì a strapparle un appuntamento, al quale ne seguirono molti altri. Praticamente si frequentarono durante tutto il periodo delle vacanze, andandosene in giro assieme nel pomeriggio o alla sera. Lei lavorava in campagna e appena poteva si allontanava dai suoi genitori con una scusa qualsiasi per raggiungere Raimondo. Il giorno prima della sua partenza, in una piccola spiaggia nascosta fra gli scogli, nell'intimità di una notte senza stelle, avvolti dal profumo di salsedine e passione, nella sabbia disegnata dai loro corpi, fecero l'amore. Tornato a casa, passati un paio di mesi Raimondo venne contattato dai genitori di lei infuriati perché la figlia era in dolce attesa. In seguito alle spiegazioni di rito fra le parti i rapporti, inizialmente molto tesi e complicati, in brevissimo tempo si risolsero e divennero amichevoli; era vivo però l'imbarazzo dei due innamorati, scrutati da tutti con una severità bonaria, che non fecero altro che starsene lì, occhi negli occhi, mano nella mano, senza proferire parola. Alla fine tutti convennero che i giovani si sarebbero sposati, nonostante la giovane età e il breve periodo di fidanzamento, per "riparare" a quanto accaduto. Maria e Raimondo concepirono Francesca, in quella complice calda spiaggia, in quella notte piena del loro amore. Adesso avevano circa quarantacinque anni, e da più di un ventennio vivevano ancora intensamente la loro vita di coppia, sempre innamorati e sempre insieme.

Francesca era molto affascinata dal paese del Sol Levante. Le piaceva tutto del Giappone: dai minuti bonsai, a casa ne aveva quattro, dall'armonia tra passato e presente, tra tradizione e moderno, alle gigantesche metropoli popolose e al loro apparente caos, dove vigeva il rispetto della regola, della persona e un'organizzazione quasi maniacale. Amava alla follia il sushi e quel modo raffinato e delicato di preparare ogni pietanza. Amava la cultura d'oriente, la civiltà e le tradizioni dell'impero, dei samurai, delle geishe. Amava persino i fumetti manga e trovava l'erotismo giapponese sopraffino e intrigante. Come sua madre era una splendida mora, alta un metro e sessanta, occhi neri profondi, carnagione chiarissima che al sole diventava subito olivastra per poi prendere i riflessi dell'ambra. I capelli lunghi giusto fin sotto le spalle, li aveva acconciati a treccine. Sembrava quasi una medusa, guai a guardarla negli occhi. Due mari neri, profondi, che sprigionavano femminilità, dolcezza, capaci di ammaliare chi, casualmente, si posava su di loro sfiorandole lo sguardo.

Un piccolo tatuaggio sul polso della mano sinistra raffigurava una rosa tribale e quello sulla caviglia destra un delfino rosa. A venticinque anni era una single convinta e con la sola voglia di divertirsi senza impegnarsi con nessuno. Aveva avuto fino ad allora una sola storia importante, durata circa due anni. Sedicenne, innamorata, rimase sconvolta e delusa quando il suo ragazzo volle rompere. Da quel momento Francesca aveva deciso le sue priorità: studio, carriera, realizzazione sul lavoro, una casa tutta sua e forse, un domani, anche un'azienda tutta sua. In quelle tre settimane di vacanza si era proprio divertita. Shopping, ottima cucina, qualche sera in discoteca o nei locali, belle nuotate, lunghe passeggiate rilassanti, meravigliosi panorami. Non mancarono delle amicizie con la gente del posto, come con Dina, una simpatica vecchietta che abitava lungo la via dei negozi e che, quando la vedeva passare, la invitava a salire nel suo piccolo appartamento per bere un caffè e raccontarle di quando era giovane.

Francesca amava, verso mezzogiorno, andare a bere l'aperitivo prima del pranzo oppure mangiare un bel gelato alla frutta. Preferiva i gusti mandarino e limone, in coppetta. Assaporava il gelato lentamente, attenta che, sciogliendosi, non le colasse sulle dita andando magari a finire sul vestito. Ogni tanto si divertiva a provocare un po' di caos, passando lungo il sentiero parallelo al lago, nella zona più frequentata dai bagnanti, in costumi attillati che facevano risaltare la sua bellezza. Camminava lentamente e osservava divertita le reazioni infantili degli uomini: chi se ne usciva con sorrisi ebeti che la fissavano con la vana speranza di attirare la sua attenzione, chi tirava in dentro la pancia e si metteva in posa, tipo statua greca, chi commentava le forme di lei in maniera esplicita, quando non volgare. Una volta, un signore non proprio giovanissimo, l'aveva fatta ridere a crepapelle; si presentò dinanzi a lei mettendosi goffamente in una posa che voleva essere sexy e decisamente non lo era. Come se non bastasse, s'infilò maldestramente, all'interno del costume, dei fazzoletti per aumentare la sua virilità, strategia che risultava evidentemente penosa dato che aveva esagerato con le dimensioni e dei piccoli brandelli di stoffa facevano miseramente capolino dalle impietose mutande. Infine, mentre voleva esibire il suo miglior sorriso, gli cadde rovinosamente a terra la dentiera.

Francesca indubbiamente piaceva molto e, oltre alle più o meno consone ammirazioni maschili, generava i rabbiosi sguardi delle donne che invidiavano il suo fisico sensuale ed elegante, quella sua femminilità prorompente e quella sua aria sbarazzina, solare. Oltre al fatto che riusciva ad attirare l'attenzione dei loro mariti e fidanzati molto più di quanto facessero loro. In quei giorni trascorsi da sola la corteggiarono in molti, ma nella rosa di spasimanti aveva scelto solo pochi fortunati, tassativamente quelli che lei immaginava fossero capaci di farla divertire, fuori e dentro un comodo letto. Aveva fatto con disinvoltura del sesso, col cameriere e il cuoco dell'albergo, diverse volte e in posti assurdi: in cucina, nella cella frigorifera o nel ripostiglio della biancheria sporca. Erano due ragazzi molto carini; il primo aveva trent'anni ed era laureato in ingegneria ma non trovando lavoro si guadagnava qualche soldo facendo il cameriere stagionale. Il cuoco non aveva ancora vent'anni. Oltre a questi, il primo giorno di vacanza aveva incontrato un uomo di mezz'età, che le aveva stuzzicato la fantasia, sposato con tre figli al seguito. Alloggiava in un albergo ad appena cinquanta metri dal suo. Lo aveva adocchiato e sedotto con sguardi ammalianti e sorrisi, lanciati con voluta intensità, ogni volta che capitava a tiro. Lui sulle prime, non ci aveva dato peso ma ben presto aveva ceduto alla tentazione. Neanche dopo quattro giorni dal primo incontro, alla prima occasione utile l'avvicinò per conoscerla.

Francesca quel giorno era seduta a uno dei tavolini esterni di un bar in stile barocco. Con gli occhiali da sole appoggiati sulla testa, fissava il lago mentre sorseggiava un pinot grigio in calice. Vedendolo arrivare e sedersi al tavolo vicino, lei sorrise sapendo che ormai la sua preda era caduta in trappola. Aveva terminato di bere il vino mentre l'uomo continuava a stare seduto lì senza fiatare. Faceva finta di guardare in giro gettando ogni tanto uno sguardo verso Francesca, ma evidentemente non sapeva proprio come muoversi, né cosa dovesse fare. Forse aveva paura di essere scoperto lì dalla moglie che lui aveva opportunamente lasciato andare a fare shopping con i figli. Non li aveva seguiti perché stava poco bene: quella era stata la sua scusa. Francesca aveva cominciato a fissarlo, sembrava voler studiare i minimi particolari del viso, del corpo, i più impercettibili movimenti. Lui si era accorto di quello scrupoloso esame e aveva iniziato a muovere la gamba destra in maniera nervosa. Lei aveva fatto una smorfia piegando le labbra, poi si era alzata, lo aveva preso per mano e se lo trascinò dietro. Rimasero chiusi nella camera della ragazza per un pomeriggio intero. Soddisfatta di quella conquista, trascorse il resto della serata in un locale dove aveva ballato fino all'alba e da cui era uscita completamente ubriaca.

ISTANTI

Era una ragazza molto seria a scuola e in famiglia, ligia alle regole e severa con se stessa. Quando però era in vacanza, libera da impegni e obblighi di sorta, le piaceva divertirsi, sempre con prudenza ma mai rinunciando a qualche piccola trasgressione. Nel sesso prendeva e faceva prendere ai suoi partner le dovute precauzioni. Era una salutista, amava fare sport, la sua famiglia era fortunatamente benestante, insomma, non le mancava proprio niente e lì, in quel posto splendido incastonato fra i monti, c'era un sole che pareva sorridere alla sua vita, alla sua carriera, al suo radioso futuro. Francesca pensava di avere il mondo intero fra le mani!

Con le valigie pronte per la partenza se ne stava seduta nel bar dell'albergo assaporando un succo di frutta. Prima di partire però, decise di regalarsi un ultimo saluto al lago e a Riva del Garda facendosi una bella passeggiata. Andò a vedere le anatre che sguazzavano nell'acqua felici vicino alla riva, volle poi rivedere anche alcuni posti della città che le erano particolarmente piaciuti: Piazza della Catena, maestosa in riva al lago, con l'imponente statua barocca di San Giovanni Nepomuceno. Diede così un'altra occhiata a piazza III Novembre, allo splendido Palazzo Pretorio e alla chiesa dell'Inviolata, la sua preferita. Adorava il suo stile architettonico barocco, gli affascinanti affreschi della cupola e i dipinti custoditi al suo interno. Quei luoghi le davano una strana sensazione, quasi celassero un'entità misteriosa, una specie di presenza magica. Tornando sui suoi passi, ripercorse il viale dove si snodavano delle vecchie querce, accarezzate dalla brezza. I rami nodosi sembravano inchinarsi davanti a lei come per salutarla. Nell'aria si sentiva un leggero e piacevole profumo di limoni. Poi si fermò nuovamente ai margini del lago, e lì venne urtata da un ragazzo impacciato, uno dei quattro giovani che aveva visto arrivare da un vialetto laterale. Erano Giorgio, Augusto, Lorenzo ed Emanuele che stavano facendo un giretto e giocherellavano fra loro. Quando la videro, le spinsero contro Lorenzo, tanto per fare uno scherzo all'amico che nel notarla mentre passava sulla spiaggia aveva detto:

"Una così bella.. uno come me non lo sfiorerebbe neanche!"

Appena si accorse di averla colpita con il gomito, Lorenzo, d'istinto prese Francesca per il braccio per paura che cadesse in acqua. Mentre la teneva e chiedeva scusa ripetutamente, continuava a girarsi con sguardo rabbioso verso gli amici che gli avevano fatto fare quella figuraccia. Appena quella mano le toccò la pelle, Francesca sentì un immediato grande tuffo al cuore, una sensazione di calore diffondersi nel suo corpo unite da un brivido improvviso. Il cuore cominciò a batterle impazzito, era frastornata e non capiva che cosa le stesse succedendo, ma si girò e sorrise a quel ragazzo che continuava a tenerla stretta. Aveva il cuore in gola, si sentiva nuda, spogliata completamente della sua forza interiore, impotente, respirava a fatica come se non riuscisse a trovare l'aria.

Il colore ambrato della pelle mimetizzava il rossore salito sul suo volto.
Quelle sensazioni erano strane, mai provate: non riusciva a reagire. Non era da lei, sciogliersi lì, come un gelato al sole, davanti ad un ragazzo. Lui intanto era diventato paonazzo e furioso per le risatine degli amici. Gli occhi dei due giovani s'incrociarono per un istante, Lorenzo non riusciva più a dire nulla.
Mamma mia, che figura! Pensava. Francesca intanto provava un terribile senso di panico anche se non lo dava a vedere. La scena, che a loro parve eterna, non durò che pochi secondi. Poi Lorenzo, giratosi di scatto, con un cenno della mano la salutò borbottando un "ciao eh" e cominciò a rincorrere i suoi amici che già si erano allontanati. Una volta raggiunti il tutto finì come sempre in una risata. Francesca invece restò lì per alcuni minuti prima di realizzare di essere rimasta sola.

VACANZE IN FAMIGLIA

In piena estate, sui monti del Trentino, i colori dell'alba sono così intensi che sembrano accompagnati da lievissime armonie. La vita comincia a muoversi nell'eco dei primi rumori. Qui non è raro, di primo mattino, incrociare un capriolo o qualcuno con lo zaino in spalla lungo uno dei numerosi sentieri in procinto di farsi una camminata più o meno impegnativa. All'alba lo sguardo viene rapito dalle imponenti montagne che circondano la Val Campelle, dalle prime luci che come un pennello scivolano sulle pendici fino alle vette, quasi ad immaginare possano dare colore e vita. Imponenti le montagne sembrano come delle madri che circondano e proteggono quella valle alpina, quel loro figlio. Le auto cominciano a salire sulle strade. I turisti, le famiglie, arrivano in cerca di pace, natura, svago e anche un po' di frescura: qui sembra un sogno respirare a pieni polmoni ed essere immersi nella quiete della natura, arrivando dall'afa soffocante delle città. Ci si rilassa con una passeggiata, delle chiacchierate, sostando a dormire sotto qualche pino e magari visitando qualche malga o agriturismo per assaggiare i prodotti tipici della zona. Sui prati affiorano qua e là delle rocce, anche molto grandi, dove sedersi e osservare il panorama di solito è un atto dovuto. Proprio accanto a una di esse c'è un piccolo abete che nasconde nella sua ombra un piccolo fungo solo soletto: è un porcino, sembra abbia scelto quel posto per non farsi vedere, quasi non avesse intenzione di essere mangiato. Una leggera brezza solletica e pizzica il viso. Camminando per il sentiero che conduce a un gruppo di baite, verso il Passo Cinque Croci, si ha la sensazione di percepire un vocìo soffocato, quasi il saluto degli abeti che si muovono delicatamente e ritmicamente accarezzati da un vento leggero. Nel bosco si sente ruggire il torrente che scorre, vuol farsi sentire. Nelle sue acque limpide, i sassi di varie forme e dimensioni rotolano, rumoreggiando insoddisfatti e stanchi, sperando di potersi anche loro fermare su qualche fondale in quel posto meraviglioso. L'acqua è freddissima perché nasce dai laghetti alpini che si trovano a duemila metri di altitudine.

All'altezza di una curva, seduto su un pezzo di tronco, un uomo che sembra avere cent'anni, sta con lo zaino in spalla: camicione di lana grezza a quadri grandi, verdi e rossi, pantaloni pesanti, scarponi da montagna e un folkloristico cappello verde scuro in panno, addobbato con una stella alpina e una piccola piuma color grigio scuro. Il viso è segnato da rughe profonde, le rughe di una vita vissuta con fatica, proprio lì, su quelle montagne. Ma il colorito è rosso e vi spiccano sopra due occhi azzurri, incastonati come acque marine su un drappo color rubino. L'uomo fuma una pipa con aria assorta e gli occhi che vestono i riflessi del ghiaccio scrutano il paesaggio. Sembra un tutt'uno col panorama. Rumore di campanacci. Mucche qua e là impegnate a mangiarsi della gustosa erba fresca. Sembrano sempre stanche e annoiate, anche quando alzano la testa e osservano in giro con lentezza. Ogni tanto soffermandosi al passaggio di qualche persona che incrocia il loro sguardo. Chissà magari le mucche in quel momento quando ti fissano pensano "Chi è quel buffo essere umano che ci guarda così, come che non avesse mai visto qualcuno mangiare". Con aria sorniona e incuranti di chi le guarda, di tutto ciò che può distrarle troppo dal pasto mattutino, si chinano nuovamente a mangiare l'erbetta fresca. C'è anche un piccolo e grazioso vitellino tutto nero col pelo arruffato, si muove in continuazione agitato e muggisce forte, cercando di far capire alla propria madre che ha ancora fame, voglia di latte.

Sul davanzale di legno, un fringuello, grande forse come il palmo di una mano, si muove saltellando, alla ricerca di qualcosa da mangiare, e ogni tanto dà una beccata al vetro della finestra. Ha il petto rosa e il capo di un azzurro delicato. Con quel suo canto così squillante penetra anche i sogni di chi in quel momento sta dormendo profondamente.

Le prime luci dell'alba, timide, cominciavano a strisciare sui muri e invadere la stanza da letto. Si avvicinavano agli oggetti nell'oscurità e pian piano conferivano loro colori e forme, dando vita a tutta la stanza. Vicino alla porta, un quadro fissato al muro con raffigurato un tramonto alpino; a fianco, l'attaccapanni con appesi un paio di cappelli: uno di lana, semplice e nero, e l'altro color violetto, con tantissimi disegni di fiori e animali. Alcuni vestiti stropicciati erano sparsi sulle sedie. Il sole si soffermò qualche secondo in più sul comodino. Anche a lui piaceva quell'orologio incastonato in un pezzo di legno intarsiato, dalla forma di cappello d'alpino.

Le lancette segnavano le sette di mattina. Lorenzo si girò di lato, si stropicciò gli occhi e guardò l'ora. Poi sbuffò, distese le braccia e si stiracchiò per bene facendo attenzione a non svegliare sua moglie. Nel guardarla accennò un sorriso compiaciuto. Avevano fatto l'amore quella notte. Quei sussurri, le parole quasi soffocate, i respiri intensi, i gemiti. Quei loro corpi caldi e pieni di passione, le carezze volute, il calore cercato, l'odore della carne che si consuma con foga e illanguidisce nell'abbraccio, si addolcisce, come un bimbo sfamato da seni turgidi che finalmente se ne sta buono, lì, accoccolato fra le braccia di sua madre, in attesa del sonno. Lei appoggiava il viso sul suo petto e lui le carezzava i capelli. Lorenzo si doveva alzare ma attese un attimo e guardò le lenzuola che creavano un drappeggio armonioso attorno a quel corpo, a quelle forme generose. Era come un quadro che avrebbe voluto saper disegnare e, mentre il desiderio riprendeva vita dopo il riposo notturno, entrò in scena prepotente il suono della sveglia. Fra mezz'ora si sarebbero dovuti preparare per andare in gita.

"Maledizione.. che casino che fa questa sveglia!"

Esclamò Lorenzo a bassa voce, mettendo immediatamente a tacere il congegno infernale per regalare ancora qualche minuto di sonno a Francesca. Si alzò dal letto, faceva freddo quella mattina ed essendo a petto nudo e in boxer raccolse in fretta degli indumenti e li indossò. Poi decise di andare in cucina a preparare la colazione. Amava fare il caffè, il suo forte e deciso aroma. Non sapeva perché ma gli dava un senso di gratificazione. Mise le pantofole e scese le scale facendo attenzione a non farle scricchiolare. Erano di legno, come tutta la baita. Si teneva al passamano perché, ancora un po' assonnato, aveva timore di inciampare. Arrivato in cucina, guardò dalla finestra e vide l'uccellino e la bella giornata di sole che lo aspettava. C'era stata qualche pioggia, sporadici temporali estivi che volavano veloci sulla montagna e in breve tempo se ne andavano via lasciandosi dietro un buon profumo di bagnato e il cielo terso. Le tre settimane di vacanza erano passate in fretta e ormai mancavano un paio di giorni alla partenza. Avevano girato davvero molto, alternando giornate di relax assoluto a passeggiate, giochi con le bambine e camminate in quei luoghi meravigliosi. Andarono a vedere il lago di Nassare e quello delle Stellune e molti altri ancora, totalmente immersi nel piacere di girare in quel paradiso, realizzando un contatto intimo col paesaggio, la natura e con se stessi. Quel venerdì volevano visitare il Rifugio in Val Caldenave e pranzare lì. Si trova ad un altitudine di circa 1700 metri, un posto consigliato da molti in zona perché a loro dire meraviglioso e dal quale si può notare una piana spettacolare. Nel mezzo vi scorre un corso d'acqua cristallina che con le sue curve continue sembra disegnare il movimento di un enorme serpente. Di solito in quel posto vi pascolano dei cavalli. Alle spalle della malga, imponente vigila un enorme massiccio che conferisce a tutto quel posto l'idea surreale di essere all'interno di un raffinato dipinto.

Proprio là fra le montagne, Lorenzo aveva ritrovato la serenità e capito l'importanza del tempo vissuto con la sua famiglia. In montagna le giornate erano scandite dall'alba e dal tramonto, senza guardare orologi o rincorrere telefonate. I giorni erano diventati dei granelli di vera vita e insieme formavano quella roccia, tavola di pietra, sulla quale incisero per sempre le loro parole e i sorrisi, sogni ed emozioni.

In montagna l'anima e il cuore ritrovano quello che sono, si avvicinano al cielo.

Il caffè cominciò a brontolare nella caffettiera e a diffondere il suo profumo. All'improvviso, sui capelli ancora spettinati, lui cominciò a sentire il tocco dolce di una mano calda, poi fu il turno delle dita che massaggiavano delicatamente il lobo del suo orecchio, e infine arrivò un bacio sulla guancia. Anche se ormai era diventata negli anni un'abitudine mattutina, suscitava sempre un piacere al quale ricambiava poi con una delicata carezza.

"Ciao tesoro, buongiorno. Vuoi una tazza di caffè? O preferisci un succo d'arancia?"
"No, no, dammi una bella tazza di caffè nero. Stamattina ne ho proprio bisogno, non riesco a svegliarmi!"

Lorenzo le porse la tazza bollente e ne prese una per sé.

"Allora, riposato bene?"
"Sì, tesoro, molto bene. Sarà il posto o l'aria ma dormo davvero benissimo"

Rimase affascinata e impressionata al suo arrivo, vedendo quei posti meravigliosi, quelle vette che sembravano poter arrivare a scrivere in cielo, intingendo l'inchiostro dalle nuvole che le circondavano.

Francesca sorrise e cominciò a bere il caffè, rigorosamente senza zucchero. Anche se Lorenzo la riempiva di complimenti, lei sapeva benissimo che le due gravidanze e l'avvicinarsi dei quarant'anni l'avevano un po' arrotondata, e non voleva certo peggiorare la situazione. Però era contenta perché durante quelle

vacanza aveva comunque perso un paio di chili. Il moto, che raramente faceva in città ,e il mangiare sano l'avevano rimessa in sesto, sia nel corpo che, soprattutto, nell'anima. Si era rigenerata e stava proprio bene.
"Adesso vado a svegliare le bambine, tu intanto finisci con calma il caffè, Francesca. Sai, credo che dovremo vestirci un po' pesante per andare a fare la nostra camminata."
"Già mi pare che fuori faccia un gran freddo. Sento il vento che soffia e mi sa che stanotte ha fatto pure un bell'acquazzone"
"Sì.. proprio così, cara."

Rispondendo alla moglie cominciò a salire le scale, poi aprì la porta della stanza dove dormivano le bambine. Andò vicino al letto, scostò la tenda dalla finestra e fece entrare la luce. Subito Carlotta si tirò su le coperte per coprirsi il viso e si girò di lato mugugnando.

"Buongiorno papi!"

Ariel aprì gli occhi e storcendo la bocca salutò il padre, aspettando il consueto bacio che arrivò puntuale illuminandole il viso. Adorava le coccole, specialmente se erano del suo papà.

"Dai bambine, che oggi si va a vedere i cavalli!"
"Sì papà, vai tu intanto, vai che noi arriviamo subito! Stiamo a letto solo altri cinque minuti"

Sentendo Carlotta che gli diceva così, lui aggrottò le sopracciglia e con aria seria rispose alla pigrona, avvicinandosi anche a lei per darle un bacio sulla fronte.

“Bambine, vi dò cinque minuti, e mi raccomando, ho detto cinque!”
Le sorelline dopo qualche secondo, prima una e poi l’altra, portarono le ginocchia verso la pancia tenendole con le mani per poi lasciarle andare di scatto, come una catapulta, allontanando da sé le coperte e cominciando a ridere. Rimasero qualche minuto nel letto con braccia e gambe tese, tenendo la testa un po’ sollevata per guardare fuori dalla finestra.

“Io vado giù, vieni?”
“Sì, sì vengo, vai tu intanto”
“Va bene, ma non fare arrabbiare il papà che oggi voglio vedere i cavalli e le mucche”
“Ti ho detto di sì, vai!”

Sentita la risposta scorbutica della sorella, Ariel si alzò, infilò i piedi nelle pantofole di peluche a forma di mucca, andò in bagno e poi raggiunse i suoi in cucina per la colazione: ad aspettarla c’erano il suo latte caldo con i biscotti al cioccolato che le piacevano tanto…anche lei aveva perso un paio di chili e dunque ne poteva approfittare. Pensò che a volte sua sorella si comportava in maniera davvero insopportabile, aveva un modo così brusco di rispondere e a lei non andava proprio giù! Circa venti minuti dopo arrivò in cucina anche Carlotta con la faccia ancora molto assonnata, teneva per mano a ciondoloni Tiffy, il suo orsacchiotto nero.

“Alla buon’ora signorina, stavo venendo su a prenderti, sai? Stiamo aspettando tutti te per organizzare la gita! Che non succeda più!”

Ariel, seduta al tavolo, mentre mangiava ancora i biscotti, diventò rossa, alzò un po' le spalle e rise per quel rimprovero a sua sorella.

"Ma mammina! Ho sonno oggi, si può ancora stare un po' a dormire?"
"No oggi si va in gita a vedere i cavalli, e poi a mangiare in un bel posticino nuovo. Non fare i capricci!"
"Uff, va bene"

Carlotta si sedette, diede un'occhiataccia a sua sorella che stava ancora ridendo divertita e cominciò a fare colazione. Le sorelline avevano cinque e sei anni, e caratteri molto diversi. Ariel, la più grande, era una bambina giudiziosa, sempre sorridente ed entusiasta di fare qualcosa, di scoprire cose nuove. Era totalmente dipendente dai suoi genitori per vestirsi, allacciarsi le scarpe e fare il bagnetto. Era molto affettuosa, molto attaccata ai genitori, ai quali non disubbidiva mai. Amava leggere fumetti che parlavano di animali e fate, il gelato al pistacchio, il formaggio. Carlotta invece, al contrario, faceva spesso la capricciosa. A differenza della sorella amava starsene da sola a giocare con il suo orsetto. Anche lei amava gli animali e la natura. Stava ore a guardare un prato, a contemplare un fiore che sbocciava, restandone ammirata. A volte, coi fiori, ci parlava animatamente anche per molto tempo. Aveva già incominciato ad allacciarsi le scarpe da sola e avrebbe voluto essere autonoma nel vestirsi o altro, solo che spesso non ce la faceva e questo le generava insofferenza e cattivo umore. Anche se non lo voleva dare a vedere, amava moltissimo le coccole dei genitori. Tutte e due assomigliavano nei lineamenti del viso al padre. La bocca e gli occhi, sicuramente presi dalla madre. Anche i capelli lunghi fino alle spalle, di un nero intenso e brillante. Ariel era poco più alta di Carlotta, ma tutte e due belle paffutelle. Quando sorridevano, il loro viso si riempiva di una luminosità e una dolcezza tipiche dei bambini. Inoltre, i pochi denti mancanti all'appello, evidenti nel sorriso di tutte e due, non potevano che trasmettere la loro stessa allegria in chi le guardava. Partirono alle nove circa. Presero la macchina familiare a idrogeno, unica ammessa dagli accordi di Londra del 2018 che imponeva l'uso solo di quel carburante per i veicoli a motore, e si diressero verso il Ponte di Conseria, punto di riferimento a circa un paio di chilometri dalla loro baita. Arrivati al punto di partenza, misero gli zaini in spalla e presero il sentiero lì vicino in salita, con la Val Caldenave come obiettivo prefissato. Dopo circa tre ore di un giro spettacolare ritornarono alla macchina. La gita era stata faticosa ma molto bella. Avevano incontrato anche Enzo, un uomo del posto che possedeva un ranch poco lontano in valle e stava portando alcuni suoi clienti a fare un'escursione a cavallo. Le bambine ovviamente impazzirono quando videro i cavalli. Avevano scorto anche molti scoiattoli, qualche mucca, laghetti e fiori. Erano stanchi ma ne era valsa la pena.

"Bambine vogliamo andare da Ralf?"

disse Lorenzo mentre caricava gli zaini e dava alle bimbe delle magliette asciutte da mettersi.

"Siii!"

Francesca e Lorenzo avevano conosciuto Ralf un pomeriggio, grazie alla vivacità di suo figlio Victor, che aveva fatto amicizia con Ariel e Carlotta. Si scatenarono per ore tutti e tre assieme, giocando sulle altalene e sullo scivolo che si trovavano sul prato antistante a un locale poco lontano dalla loro baita, dove ogni tanto andavano a bersi qualcosa.
Ralf era una persona molto divertente, schietta. Aveva dei capelli che non potevano passare inosservati: tantissimi e ricci, di colore rosso vivo. Con lui c'era anche la sua compagna, Ana Paula, brasiliana di nascita. Si erano conosciuti mentre lei passava la sua vacanza in Trentino. Tutto successe nel locale gestito da Ralf, situato su un bellissimo passo alpino, il Passo Manghen.
Lei si fermò per mangiare un boccone con alcuni amici, per poi ripartire alla volta di Cavalese e visitare la Val di Fiemme. Finito di mangiare, i suoi amici andarono via, ma Ana Paula non sarebbe ripartita più. Era un famoso avvocato di San Paolo, aveva dieci anni in più di Ralf, ma aveva rinunciato a tutto per quel ragazzo dai capelli ricci e rossi.

Carlotta suonò il clacson divertita

"Allora papà ci muoviamo?"
"Sì, tesoro, ora andiamo. Un attimo di pazienza che cambiamo le scarpe anche ad Ariel e poi partiamo."

Lorenzo si chinò e cominciò ad allacciare le scarpe alla bambina.

"Carlotta, scendi di là, dai, che adesso devo salire io."

"Ah, mamma guidi tu?"
"Sì."
"Ah, davvero?"

disse Lorenzo sorpreso.

"Sì, dai amore, fammi guidare la macchina nuova, non l'ho mai fatto da quando l'abbiamo comprata."
"Va bene, però allora guidi anche domenica, quando torniamo a casa, così mi posso godere tutto il panorama del viaggio senza avere stress della strada. Ok?"
"Aggiudicato! Per me va benissimo!"

Sorridendo Francesca salì al posto di guida. Lorenzo era molto geloso dell'automobile. Ogni tanto diceva a Francesca che non sapeva guidare e in risposta lei si irritava moltissimo. Così, quando litigavano, prima o poi questo argomento veniva fuori ed era motivo di ulteriori tensioni e discussioni.
Salirono tutti e partirono alla volta del Passo Manghen. Le bimbe erano entusiaste all'idea di rivedere il loro amico Victor.

"A proposito Lorenzo, hai ancora avuto quell'incubo di cui mi hai parlato?"

chiese Francesca sottovoce al marito che seduto a fianco a lei guardava la strada.

"Sì. Anche questa notte mi sono svegliato di soprassalto per colpa del solito sogno, quel solito posto che vedo. La stanza con muri bianchi, una croce e un orologio, ma non so dove mi trovo.

Vedo prima una fortissima luce, poi tutto diventa buio e all'improvviso di nuovo delle luci. Sento delle voci ma non so di chi siano né cosa dicano. C'è una persona davanti a me, è una ragazza, mi fissa, ma non so chi sia. Sta immobile e mi guarda. Poi vedo una luce fortissima e improvvisamente un enorme prato verde con dei fiori che formano una parola ma non so decifrarla. Poi vedo due figure, sembrano una persona adulta e un bambino che mi guardano e mi indicano. All'improvviso tutto è immerso nel buio, sento delle grida e mi sveglio."
"Secondo me devi andare a farti vedere. E' molto tempo che l'incubo si ripete."
"Ma non dire sciocchezze!"

rispose seccato lui.

"Fa' come vuoi, basta che la cosa non diventi un problema. Ne abbiamo già fin troppi, sai."

Francesca si era stizzita per la risposta secca del marito. Lorenzo rimase serio con lo sguardo corrucciato, poi si girò arrabbiato a guardare fuori dal finestrino contemplando il panorama. Ogni tanto discutevano e litigavano, anche per cose futili. Però alla fine capiva che Francesca si preoccupava per lui e pensava spesso di essere stato fortunato ad incontrarla e che una donna così bella, dolce e intelligente, fra tutti gli uomini, si fosse innamorata proprio di lui. Mentre rifletteva su questo, gli venne in mente il loro primo appuntamento, la prima volta che avevano fatto l'amore.

INSIEME

Quando tornò a casa dalle vacanze trascorse con gli amici a Riva del Garda, Lorenzo si diede molto da fare e quello stesso anno si laureò in Ingegneria meccanica. Era il 15 novembre del 2008. Poco più di un mese dopo, la vigilia di Natale, la sua ragazza lo lasciò perché doveva trasferirsi con la famiglia in Germania per motivi di lavoro. Lei non voleva relazioni a distanza e neanche lui. Purtroppo, di lì a poco arrivò una gravissima crisi finanziaria che ebbe ripercussioni fortissime a livello mondiale. Così, poiché la situazione lavorativa non era più rosea neppure in Trentino, senza scoraggiarsi, una volta laureato mandò il suo curriculum un po' dappertutto, anche fuori dalla sua regione; nutriva ben poche speranze di essere assunto nelle aziende dove fino a non molto tempo prima pensava di essere accolto a braccia aperte. Tuttavia, di lì a qualche mese uno studio tecnico di Trento lo chiamò per un tirocinio. Considerava quest'esperienza transitoria, in attesa di qualcosa di meglio. Invece quel lavoro gli piaceva e lo imparava velocemente tanto che il titolare, una persona molto perspicace, capendo le sue potenzialità, oltre a insegnargli bene i trucchi del mestiere, lo segnalò alla loro consociata emiliana, dove un giorno sicuramente sarebbe stato impiegato al meglio e con maggiore soddisfazione personale. Così, dopo un paio d'anni, nel mese di marzo, arrivò una telefonata importante da Bologna.

Lorenzo rimase sorpreso da quella chiamata ma anche compiaciuto da quanto gli dissero. Il suo interlocutore fece una breve presentazione e poi in maniera molto concisa espresse l'intenzione di incontrarlo, se possibile già l'indomani, per proporgli un incarico nel loro gruppo di lavoro che si occupava di ricerca e sviluppo nel capoluogo Felsineo. Lorenzo,preso dall'entusiasmo, d'impulso accettò d'incontrarlo il giorno successivo. Appena riagganciò il telefono, improvvisamente si rese conto però che forse era stato troppo frettoloso. Anche se era un'occasione professionale molto importante, in fondo dove lavorava si trovava bene, stava vicino a casa, aveva un buon rapporto con i suoi colleghi e negli ultimi tempi un discreto stipendio. Iniziava ad essere combattuto e in preda all'indecisione e all'ansia. Dopo qualche minuto pensò di chiamare il suo titolare per spiegargli cosa era successo e magari avere un consiglio. Lui già lo sapeva perché lo avevano informato i suoi soci e disse a Lorenzo di aver fatto bene ad accettare quel colloquio. Doveva pensare alla sua carriera, alla sua vita. Apprezzò molto quella telefonata da parte di Lorenzo.

Il giorno successivo, sveglio di primo mattino, fece una doccia caldissima, si rasò a dovere, indossò il suo vestito migliore, un veloce saluto ai genitori e prese la macchina per andare all'appuntamento armato di volontà e speranza ma non senza un pizzico di paura. Arrivato davanti all'azienda, notò l'edificio enorme che sembrava appena costruito. Entrò nell'atrio e si incamminò sulla grande scala. Seguì le frecce che indicavano uffici vari e relativi titolari. Fra i nomi c'era anche quello della persona che lo aveva contattato telefonicamente. Salì al piano e sulla porta che avrebbe dovuto aprire campeggiava a lettere cubitali la scritta "avanti senza bussare"; fece un respiro profondissimo ed entrò. Davanti a lui c'era una donna, seduta dietro a una piccola scrivania. Una donna molto magra e dall'aria preoccupata e ansiosa. Isabella faceva la segretaria da pochi mesi e viveva nella paura di essere licenziata; sui quarant'anni, capelli raccolti biondi, occhiali con lenti spesse e montatura di plastica nera, sguardo severo, vestita con un rigoroso tailleur blu.

Lorenzo timidamente disse chi era e perché fosse lì. Lei lo squadrò da cima a fondo e rispondendo "si accomodi", prese il telefono e avvisò del suo arrivo. Lorenzo pensava già che se lei non lo vedeva di buon occhio, figurarsi cosa avrebbe pensato il direttore del personale che lo stava aspettando. Quando fu chiamato, entrò nella stanza: era così teso che si mise a fissare un punto sul muro vicino a un quadro, la riproduzione di un Magritte. Lo sguardo puntò il dipinto così a lungo che il dirigente, seduto di fronte a lui, non gli risparmiò una battuta: "Se le piace tanto se lo può anche portare a casa!"

Una stanza spoglia e molto spartana. Una grande scrivania con sopra un portatile e qualche documento sparso. Dietro ci stava quell'uomo, vestito in maniche di camicia, senza cravatta. Non aveva ancora quarant'anni e socchiudendo un po' gli occhi guardò questo ragazzo trentino, non tanto più giovane di lui, serio e concentrato come se dovesse scattare sull'attenti al primo segnale di comando. Aveva già esaminato il suo curriculum e chiamato lo studio di Trento per chiedere informazioni al suo collega. Lorenzo sudava freddo, agitato e non sapeva dove guardare nell'attesa che l'uomo gli chiedesse qualcosa. Lì seduto con le gambe accavallate, in giacca e cravatta, probabilmente non si accorse nemmeno di essere senza calzini. Il responsabile del personale fece un sorriso.

Lorenzo invece diventò paonazzo. Voleva scomparire. In quel momento il responsabile, sbirciando la sua scheda personale, cominciò a fargli delle domande. Fu tutto molto rapido. Si trasferì a Bologna la settimana successiva e iniziò uno stage che durò qualche mese. Imparò bene le nuove tecnologie che in quegli anni erano in fase di grande sviluppo e che in quell'azienda si stavano elaborando e studiando. Tutte partivano da scoperte fatte al Cern. Viste le capacità che Lorenzo aveva dimostrato di possedere, in poco tempo venne trasferito nella filiale di Padova, dove procedevano a una fase di studio e sperimentazione delle nuove leghe che si potevano applicare nel campo aerospaziale. Lorenzo era entusiasta della cosa, che gli dava l'opportunità di prendere parte a un progetto importante. Chi l'avrebbe mai detto! Era il 16 settembre 2012. Il 18 settembre già stava a Padova in un appartamento che gli aveva fornito la stessa azienda. Quel giorno, il suo primo giorno in quella nuova città, pensò che gli sarebbe piaciuto festeggiare con una bella bevuta e condividere quel momento speciale della sua vita assieme ai vecchi amici, con i quali ormai si scambiavano solo gli auguri per le feste via sms e qualche sporadica telefonata. Ma non era possibile. L'amicizia la sentiva sempre molto viva e nel cuore, tuttavia i percorsi di vita li avevano allontanati. E così, solo in una città nuova, si sarebbe accontentato di festeggiare a tu per tu con se stesso. Uscendo dal portone della sua nuova casa, fu urtato sul marciapiede da una donna che passava in quel momento con passo svelto. Indossava jeans attillati e un bel golfino aderente color viola profondo. D'istinto lui le chiese scusa, anche se ad andargli addosso era stata lei. Quella donna, che già stava tirando dritto, a qualche metro da lui si fermò. Francesca si girò. Quella voce la paralizzò di nuovo. Di nuovo si sentiva cadere in uno stato di disarmo, di confusione totale. Cominciò a batterle il cuore fortissimo, come tanto tempo prima. Però questa volta lui, anche se intimidito da quella bellissima donna, le si avvicinò con un suo sorriso appena accennato

"ehi, ehm ciao..e scusami sai."

Lei rimase in silenzio fissandolo.

"scusami sai, ehm non ti avevo vista sai, davvero"

Lei sempre in silenzio accennò a rispondere ma non le uscivano le parole.

"se ti va magari per farmi ehm perdonare."

Lei sorrise.

"dicevo se ti va per ehm farmi perdonare, ehm..ti offro qualcosa dai."

Lei col capo fece un cenno di assenso e rispose con un filo di voce tremante.

"va bene andiamo."

La compagnia di una ragazza in quel momento era proprio quello che ci voleva, così non avrebbe festeggiato da solo.

Lei invece, ancora confusa, si sentiva morire dall'emozione ma non dava a vedere nulla. Rimase molto colpita dal fatto che il destino le avesse fatto incontrare di nuovo quel ragazzo, lì, proprio nella sua città.

Un semaforo rosso in via Venezia, in centro a Padova. Uscivano ormai da un paio di settimane insieme nel weekend e si sentivano la sera con messaggini o telefonate. Quella città si stava rivelando davvero splendida e affascinante. Monumenti, chiese, piazze incredibili. Per non parlare dei bellissimi locali dove la vita abbondava, anche grazie all'università che attirava studenti di tutto il mondo. Lui, poi, aveva un cicerone d'eccellenza, una fonte davvero inesauribile d'informazioni su qualsiasi cosa volesse sapere. Tutti e due erano appassionati d'arte e specialmente dell'epoca medievale. Quel giorno stavano andando a visitare la Basilica di Sant'Antonio e la Cappella degli Scrovegni, straordinaria opera affrescata da Giotto. I cantieri spuntavano un po' ovunque, si vedevano praticamente ad ogni angolo operai al lavoro. La città stava rifiorendo e con essa anche i padovani, che sempre più partecipavano entusiasti a questa rinascita. Era in atto un progetto di rivalorizzazione di tutta la città. Oltre ai restauri, alla riqualificazione degli edifici dei centri storici, la popolazione puntava sulle energie alternative tanto da voler diventare indipendente a livello energetico, grazie ai campi fotovoltaici e alle nuove tecnologie solari e geotermiche.

Il semaforo diventò verde, Lorenzo improvvisamente si girò di scatto e si disse facendosi coraggio "o adesso o mai più", guardò Francesca, prese un bel respiro e la baciò. Fu un gesto impulsivo e azzardato, sicuramente non credeva di riuscire a farlo, per la prima volta vinceva la sua timidezza con un gesto simile, ma non ce la faceva più, da troppo tempo lo desiderava e soffocava.

I clacson suonavano mentre loro continuavano a baciarsi.

Dopo qualche secondo capirono che era il caso di muoversi, sorrisero e ripartirono. Lorenzo non credeva di averlo fatto, di aver avuto il coraggio di farlo. Era incredulo ma felice. Francesca stava cercando di recuperare il respiro normale dopo quel terremoto d'emozione. Quel giorno fu l'inizio della loro storia.

Il loro primo viaggio insieme fu a Trieste. Qualche mese di fidanzamento e finalmente capitò una settimana di vacanza, ideale per ritagliarsi uno spazio d'intimità fra i molti impegni.

Anche Francesca lavorava tanto, da qualche anno faceva la dirigente nell'azienda di suo padre. Fu una settimana tutta per loro. Arrivarono in città il lunedì e, su indicazione del tassista che li aveva accompagnati in albergo, andarono nella via più frequentata della città a fare una passeggiata. C'erano davvero tanti locali e furono colpiti dalle numerose gelaterie. Non resistettero e se ne andarono in giro con due gelati enormi e coloratissimi tanto per calarsi nella sacrosanta dimensione vacanziera. Più tardi, col cielo stellato e l'aria calda, andarono a fare un giro sul lungomare.

Camminarono mano nella mano fino in cima al "molo audace" dove si scambiarono baci e carezze. Poi, tornati in albergo stanchissimi, si persero nella dolcezza di un sonno profondo.

Il giorno successivo camminarono per Trieste in maniera rilassante, un po' incuriositi dalle tante piazze e fontane, specialmente quella dei Tritoni.

Considerando che la giornata era molto soleggiata, decisero di andare a visitare il castello Miramare ed il parco limitrofo, segnalati loro come bellezze imperdibili da una coppia di amici che solo un mese prima avevano fatto un viaggio di nozze nella medesima città. Arrivati in pochi minuti al parco, furono sorpresi dalla moltitudine di piante di ogni tipo ospitata all'interno. L'insieme era perfetto, lindo e curatissimo. Fra le varie attrazioni, c'erano serre che custodivano un ambiente quasi fatato. Mille colori accarezzavano l'aria, migliaia di farfalle e colibrì di ogni tipo trasportarono Francesca e Lorenzo in un mondo magico.

Era la prima volta che vedevano i colibrì e ne rimasero colpiti.

Finita la passeggiata nel parco, entrarono a visitare il castello.

Le stanze, tenute in maniera accuratissima, ospitavano ancora i mobili e le tappezzerie originali dell'Ottocento. Visitarono ogni stanza minuziosamente, curiosando fra vasi in porcellana, dipinti, sculture e ogni oggetto che riuscisse a portarli lontano nel tempo. Uscendo il riverbero del sole sul mare li accecò per un istante, ma subito la vista tornò nitida per svelar loro le meraviglie di un bellissimo giardino, con un piccolo porto privato che veniva usato dagli Asburgo per l'attracco delle imbarcazioni. In cima al molo capeggiava una rappresentazione della sfinge, una statua in scala che sembrava messa lì a fare la guardia al mare e a chi si avvicinava al castello.

Nel frattempo s'era fatto davvero tardi e l'edificio si stava svuotando rapidamente dai visitatori poiché l'orario di chiusura si avvicinava. Prima di uscire però i due fidanzatini si ritrovarono nelle stanze da letto dell'arciduca Massimiliano d'Asburgo. Lì lessero che in quella reggia l'arciduca aveva vissuto con la sua amata moglie Carlotta del Belgio. Fu questione di un attimo e vennero presi da uno slancio di desiderio e passione. Data una rapida occhiata in giro, visto che non c'era nessuno, si appoggiarono a una colonna e cominciarono a baciarsi con voracità.

Le mani di Francesca si avvinghiarono al corpo di Lorenzo che cominciava a premere sui fianchi di lei, alzandole con il palmo della mano la gonna. In quel momento, con un opportuno colpo di tosse, uno dei guardiani, fece percepire la propria presenza.

Imbarazzati e divertiti per essere stati colti in flagranza, si allontanarono immediatamente. Una volta tornati in città, verso le sette di sera, affamati si fermarono in un ristorante.

Erano stati talmente presi dalla visita al castello da non accorgersi che la giornata era volata via senza che mangiassero un boccone. Si trovavano in un localino delizioso. Mentre mangiavano si fissavano ogni tanto negli occhi. Per accompagnare il cibo, che secondo loro aveva un qualcosa di afrodisiaco, presero anche una bottiglia di vino rosso. Tra sorrisi e battute, la serata stava scivolando via: loro erano lì e tutto il resto non contava. Dopo aver pagato il conto e lasciato una generosa mancia, tornarono in albergo. Un saluto al portiere sempre gentile e via dentro l'ascensore. Mentre salivano al loro piano, il quinto, a Lorenzo caddero a terra le chiavi della stanza.

Si chinarono entrambi simultaneamente per raccoglierle e si diedero una testata. Si rialzarono subito massaggiandosi la testa e risero. Ad un tratto Lorenzo diventò serissimo, toccò i capelli di Francesca e la fissò negli occhi. Lei divenne tutta rossa. Lui si avvicinò e la baciò. Cominciarono a spogliarsi senza badare che qualche indumento si strappasse. Francesca premette il pulsante dello stop e l'ascensore si bloccò. Fecero l'amore.

Quando ebbero finito, decisero di risalire per continuare le effusioni nella loro camera. Una volta rivestiti alla meno peggio, arrivarono al piano scompigliati e accaldati.

Davanti alle porte dell'ascensore che si aprivano videro una signora anziana che brontolava. Sicuramente sui settant'anni, alta forse un metro e cinquanta, vestita con una giacca di cotone lunga color nocciola che faceva un tutt'uno con lei. Aveva un cappellino rosso a pois bianchi, viso corrucciato e serio. Aspettava da almeno dieci minuti. Quando vide i ragazzi prima li rimproverò con aria seria e accigliata poi, scrutandoli meglio in viso, capì che cosa avevano fatto lì dentro e fece una risatina. Loro raggiunsero ridendo la stanza e il resto della settimana lo passarono lì, tra quelle quattro mura, avvolti nella loro passione.

PASSO MANGHEN

Dopo qualche curva Lorenzo con lo sguardo fisso al finestrino e con la mano destra attaccata alla portiera disse a sua moglie

"Stai attenta Francesca, suona quando arriviamo alle curve e vai un po' più piano."
"Lorenzo smettila, dai! Non farmi alzare la voce che ci sono le bambine."
"Ok, hai ragione. Ma suona che magari arrivano macchine, la strada è stretta!"

Lei sbuffando e sgranando gli occhi non gli rispose.

"Papà dai che cantiamo le canzoni della montagna."

disse Ariel.

"Sì, dai, allora: quando saremo fòra fòra per la Valsuganaaa.."

E tutti in coro la cantarono allegramente più volte. Lorenzo, essendo nato in un piccolo paesino della zona, era contento che le sue figlie amassero così tanto quella terra e le sue tradizioni.

“Ci fermiamo a bere qualcosa? Mancano ancora venti minuti e devo andare in bagno.”
“Sì, ci fermiamo lì, guarda, c’è un bar.”

Stavano viaggiando sulla strada che portava al Passo Manghen, all’altezza del paese di Telve. Una piccola sosta ci voleva ed entrarono nel locale. Subito notarono essere davvero molto grazioso, ben curato e pulito, tutto in legno lavorato.
Dietro al bancone, sul quale capeggiava la scritta “guardare e non toccare”, c’erano due graziose ragazze. Le sorelle Fausta e Rosy, titolari del locale insieme al fratello e ai genitori. Non lo sembravano però perché non si somigliavano molto.
Una bionda, occhi grandi e azzurri, un po’ robusta e con un seno prosperoso, mentre l’altra capelli di un rosso ramato, occhi stretti verdi, abbastanza magra e povera di curve. Tutte e due comunque sfoggiavano un gran bel sorriso accogliente.

“Vado in bagno, voi bambine ne avete bisogno?”
“No, no, papà vai. Sì, sì vai!”

Lorenzo cercò l’indicazione della toilette e sparì dietro l’angolo. Le bambine e Francesca attesero qualche minuto e quando lui tornò ordinarono.

“Un aperitivo, un veneto, grazie. E tre succhi di frutta, il gusto non è importante.”
“Beh, per fortuna guido io!”

esclamò Francesca.

“Certo, amore, infatti io bevo un alcolico proprio per dimenticare che guidi tu.”
“Ecco a lei signore.”

disse Fausta, esibendo la sua scollatura mentre si chinava per porgergli il bicchiere. Lorenzo sorrise.
Francesca si accigliò un attimo poi disse:

“Beh, guarda pure lì in mezzo che fino a domani non vedrai altro!”
“Ma dai amore, non ci ho neanche fatto caso”

Mentre loro due discutevano, gli altri avventori del locale si facevano due risate nell’assistere a quel battibecco.
Due uomini anziani appoggiati al bancone del bar, che stavano bevendo un bicchiere di vino bianco, si divertivano in modo particolare. Questa scena doveva essere un piacevole diversivo alla loro quotidianità, ai soliti loro discorsi sul lavoro, sui pascoli e la montagna, argomenti dai quali spesso si generavano discussioni infinite per delle inezie. Li divertivano le baruffe coniugali perché ricordava loro i tempi andati, quando erano giovani e bisticciavano con le mogli, tradizione che però non disdegnavano di rispettare ancora nonostante fossero passati molti anni di matrimonio. Uno dei due aveva un cappello grigio scuro, tipico dei pastori della zona, le guance violacee e il viso segnato dal tempo.
La barba lunga e grigia era leggermente ingiallita dal tabacco. Gli uomini si gustarono il loro vino con un paio di sorsi, poi uscirono all’aperto per fumare una sigaretta.

"Seee, seee."

disse sorridendo Francesca.
"Andiamo?"

chiesero le bambine strattonando per il braccio Lorenzo dopo aver bevuto la loro bibita.

"Sì, ora andiamo, però con calma bambine."

Pagarono e ripartirono. Dopo solo una ventina di minuti si trovavano già sui dodici tornanti che li avrebbero condotti alla loro meta.

"Guarda che spettacolo!

disse Francesca.

"Che paesaggio!"
"Sì, hai ragione"

rispose Lorenzo. Le bambine erano silenziose e stavano a bocca aperta.

"Mamma, mamma, guarda. Cosa sono quelle cose bianche lassù che si muovono davanti a noi?"

disse Carlotta.

"Bambine, quelle sono delle pecore."

“Che belleeee!”

gridarono le figlie all’unisono.
Il gregge si vedeva molto bene, sparso sul prato poco più in alto rispetto a dove si trovavano. Si stava avvicinando rapidamente, dato che fiancheggiava la strada che stavano percorrendo.

“Uff.”

disse Francesca frenando.
Lorenzo aveva lo sguardo perplesso. Sull’ultimo tornante, immobile, un enorme asino stava fermo in mezzo alla strada. Sembrava una statua.

“Dai smonta e fallo andare via.”
“Sei matta, e chi lo sposta quello!”
“Scendi! Dai!”
“Va bene, scendo, ma sta’ calma, mi sa che questa non sarà un’impresa facile.”

Lorenzo scese e si avvicinò all’asino, le bambine lo seguirono eccitate ed entusiaste.

“Bambine, mi raccomando, state lontane perché questo magari si mette a scalciare.”

Ma le bambine avevano già cambiato direzione e si erano avvicinate al gregge. Accarezzavano una pecora con l’agnellino e Francesca si divertiva assieme a osservarle.

“Mamma, guarda che bella!”
“Sì bambine, ma attente a non far male all’agnellino, lui è come un bimbo piccolo.”
“Sì, mamma, non ti preoccupare, noi siamo brave!”
“Dai, muoviti! Dai, che ho fame. Non fare così, basta che ti sposti un po’ più in là con i tuoi amici”

disse Lorenzo parlando amichevolmente all’asino. Ma quello non dava segni della minima reazione.

“Dai, guarda, ti sposto io!”

Provò a spingerlo, ma non c’era verso, sembrava pietrificato.

“Ma è possibile che non ci sia nessuno qua in giro, il pastore o cosa!”

Da lontano Francesca e le bambine guardavano divertite Lorenzo che parlava all’asino gesticolando

“Eccomi arrivo!”

disse un giovane. Era il pastore del gregge che scendeva ridendo da una rampa lì vicino.

“Ah, meno male! Dai, mi sposti questo enorme asino?”
“Sì, sì, ci penso io.”

Con un fischio il pastore fece arrivare un cane che si chiamava Fèro. Era tutto nero con pelo lungo. Gli intimò di spostare l'asino indicandolo con la mano e al secondo fischio, il cane vi si avvicinò abbaiando. Dopo qualche secondo infatti l'asino chinando la testa molto, molto lentamente, cominciò a portarsi verso il bordo della strada.

"Papà che bello il cane, l'hai visto?"

Le bambine nel frattempo raggiunsero il padre.

"Sì, Carlotta, l'ho visto. Sai, sono molto ubbidienti i cani dei pastori, vivono molti mesi assieme ai loro padroni qui sui monti, diventano amici e gli vogliono bene. Inoltre li aiutano anche nel lavoro"

Mentre accarezzavano il cane, ad un fischio di richiamo quello raggiunse velocissimo il pastore, il quale come un'ombra si era già spostato per andare a controllare il gregge da un grande masso che dominava quella zona.

"Guarda!"

Gridando, urlando e saltellando eccitate, le bambine indicavano il gruppo di asini in mezzo alle pecore. In groppa a uno di loro c'era una specie di coperta verde con una grossa tasca dentro la quale si intravedeva un piccolo agnello.

"Papà, mamma, guardate…"
"Un asino ha in tasca un agnellino! Ma sarà suo?"

Lorenzo spiegò loro che i piccoli agnelli, alle volte, per gli spostamenti del gregge venivano portati in quelle sacche dagli asini.
"Allora l'asino è diventato il papà dell'agnellino, è suo adesso?"

chiese Ariel sorridendo con lo sguardo rivolto al padre.

"No, Ariel, la loro mamma è sempre nel gregge, fra poco si sposteranno in un'altra zona. Ma ripartiamo ora, che ho fame.
Voi no?"
"Sì, sì papà, andiamo, andiamo! Anche noi abbiamo fame!"

Francesca era già salita in auto. Appena ripartiti, in cinque minuti arrivarono al locale. Un posto fantastico che li lasciò senza fiato, vicinissimo alle cime delle montagne.
Guardando verso il basso si potevano vedere le valli circostanti.

"Che spettacolo."

disse Francesca appena scesa dalla macchina.
Guardandosi intorno, a Lorenzo tornarono in mente ricordi di molti anni prima e pensò a quando da ragazzino andava con i suoi amici in quei posti a fare delle escursioni sulle cime.

"Mamma mia, non è cambiato nulla! Sembra che il tempo si sia fermato!"

Il locale si trovava vicino a un piccolo laghetto con il quale componeva una cornice davvero suggestiva. Notarono tutti che

all'interno c'era un caos totale dovuto al grande fermento generato dai turisti di passaggio, da motociclisti e ciclisti.
Tra questi ultimi ce n'era uno molto anziano, tutto vestito di giallo e con in testa una vistosa bandana che riportava la scritta "Pirata". Doveva essere davvero bravo per salire fino a quelle quote in bicicletta! Ana Paula li vide e andò loro incontro col suo solito cordiale sorriso.

"Ben arrivati! Vi ho tenuto un tavolo, vi accompagno."

Andarono all'esterno e si sedettero.

"Cosa vi porto?"
"Beh, cosa ci consigli?"

chiese Francesca.

"Partirei con un bel piatto di antipasti salumi vari, formaggi e altro. Poi consiglierei gli spétzli al burro fuso e speck, o una buona gulashsuppe ma anche un po' di polenta con wurstel e salsicce. Per il dolce mi sento di consigliarvi la torta speciale della casa, una delizia fatta con mirtilli e fragoline di bosco."
"Ci vuoi far scoppiare?... Però, se va bene a tutti per me è ok.
Cosa ne dite bambine? E tu Lorenzo?"
"Sì, sì mamma! E le patatine fritte ci sono? E il gelato?"

rispose Carlotta.

"Vedi?"

disse Ana Paula sorridendo e rivolgendosi a Francesca,

"qui c'è qualcuno che non si pone certi problemi!."
E poi, facendo per andarsene con l'ordinazione scritta su un foglietto di carta concluse a voce alta

"Allora patate fritte per le ragazze!"

Tutti sorrisero e le bambine sembravano eccitatissime. Mentre Francesca, che già si sentiva un po' in colpa, tirò fuori un alibi perfetto per godersi in pace le pietanze caloriche che stavano per arrivare:

"E' una delle ultime mangiate che facciamo dunque, ragazzi, questo sforzo si fa volentieri, no? Anche se dubito che ce la faremo a finire tutto"

Lorenzo si mise a ridere e strizzò l'occhio alle bambine:

"Ce la faremo, ce la faremo, che ne dite ragazze?"

Terminato il pranzo, Ariel e Carlotta corsero a giocare con Victor. La maggior parte della gente stava andando via, così Ralf e Ana Paula si fermarono a parlare con Lorenzo e Francesca. Mentre i mariti erano presi da discorsi sulla montagna, i magici luoghi circostanti e le escursioni fatte in passato, le mogli parlavano della gulashsuppe la cui ricetta venne appuntata con estrema cura di ogni dettaglio da Francesca, la quale non vedeva l'ora di cimentarsi nel gustosissimo piatto una volta tornata a Padova.

Mentre parlavano, le due donne non smettevano di seguire con occhio vigile i bambini scatenati mentre giocavano. Ad un certo punto uscì fuori dal locale un bel ragazzo dalla carnagione ambrata. Si mise seduto su una panca appoggiandosi con la schiena al muro e si accese una sigaretta.

"Chi è quel manzo?"

disse Francesca sorridendo ad Ana Paula.

"E' mio fratello, Carlos. Ci dà una mano in cucina, vuoi che te lo presenti?"

rispose non senza un pizzico di malizia l'amica brasiliana.

"No no, per carità era una battuta, la mia. Non m'interessa dai, sono sposata! Certo che però è un gran bel ragazzo tuo fratello e guardandolo bene sì, sì, ti somiglia proprio tanto!"
"E' il rubacuori della famiglia! Penso che anche lui si fermerà qui, non mi sembra che abbia tanta voglia di tornare in Brasile. In cucina è un vero talento e lavorare qui gli piace molto. Io sarei felicissima di averlo vicino! Ha iniziato un po' per gioco come aiuto del cuoco, poi si è appassionato davvero ed è diventato bravo. Fa molte ore, sai? Ma tiene duro"

Ad un tratto dal sentiero arrivò un uomo sui quarant'anni, con una bandana verde in testa, occhiali da sole, un piccolo zaino, calzoni corti e maglietta colorata con scritto in maniera molto vistoso: Ac/Dc, il mitico gruppo hard rock. Lorenzo lo squadrò bene, si alzò e andò verso di lui.

"Ma, scusa, tu sei Mario?"

"Sì, sono io, ci conosciamo?"

"Sono Lorenzo, dai, non mi riconosci? Abbiamo fatto tante escursioni insieme con altri amici qua in giro nel Lagorai! Cima d'Asta, lago delle Stellune o quella volta ai laghetti delle "buse basse" dove siamo stati due giorni a far festa? Dai non ti ricordi?"

"Ma dai!! Lorenzo!...Certo che mi ricordo adesso! Quanto tempo! Ma che fine hai fatto?"

Si abbracciarono e cominciarono a darsi calorose pacche sulle spalle.

"Ora vivo in Veneto, in Trentino ci vengo in vacanza. Mi sono trasferito a Padova per lavoro e mi sono sposato. Sono qui in ferie con la mia famiglia."

Mentre parlava, Lorenzo indicò il tavolo con la moglie, e poi le figlie che saltellavano lì vicino.

"Ma bravo! Dai, beviamoci una bella grappa per festeggiare allora!"

"Sì, una grappa mi ci vuole proprio, anche per digerire. Qui si mangia da Dio, non si può resistere alla gola."

"Lo vedo, caro Lorenzo, anche tu hai messo su qualche chiletto! Che vuoi, gli anni passano per tutti, ma l'importante è stare bene e tu mi sembri essere in gran forma!"

Mentre parlava Mario continuava a dare colpetti sullo stomaco dell'amico. Si sedettero assieme al tavolo e Mario ordinò due grappe alle "cornole".

"Ti sei sposato? Sei qui da solo?"
"Sì, sono qui solo, ho fatto un piccolo giro, sai una mezz'oretta, giusto per sgranchirmi le gambe. Roba tranquilla. Non sono sposato ma ho una compagna che oggi lavora. Sai, fa la commessa ed io non potevo rinunciare a tutto questo con un giorno così bello! Tu, invece, vedo che hai messo su una bella famigliola!"

concluse Mario con un'eloquente strizzatine d'occhio.

"Sì, non mi lamento, io e Francesca abbiamo un buon lavoro, delle brave bambine, anche se un po' discole ma mi considero un uomo molto fortunato."
"E bravo! Vedo che ti sei preso anche una gran bella donna! Poi mi presenterai alla famiglia, ora beviamoci su, dai!"

Finita la grappa, si scambiarono ancora qualche parola, poi si alzarono dirigendosi verso Francesca. Mario si presentò e mentre le stringeva la mano rimase incantato per qualche secondo davanti a quella donna che aveva due occhi così profondi, neri, screziati di splendidi riflessi violacei creati come per magia dalla luce del sole. Fatte le presentazioni Mario invitò tutta la famigliola ad una festa dove stava andando anche lui.
Dato che il posto era di strada per tornare alla baita, accettarono volentieri. Salutarono affettuosamente gli amici del ristorante e partirono seguendo la macchina di Mario. Arrivati quasi alla

valle deviarono in direzione di un paese che stava su una piccola piana meravigliosa e s'inerpicava un po' su un pendio.

"Guarda papà, c'è un cartello con una grande P."
"Già, Ariel, questo è il segno che siamo vicini alla nostra meta. Quelle grosse P indicano che c'è un parcheggio e probabilmente sarà quello della festa!"

Le bambine sorrisero e Lorenzo parcheggiò l'auto.
Intanto Mario aspettava la famigliola:

"Bambine siete pronte?"

Il coro dei sì fu più che sonoro.

"Bene allora andiamo e vedrete che cosa c'è di bello, su!"
"Lorenzo, guarda!"

disse Francesca con un grande sorriso. Lorenzo sgranò gli occhi. Lungo il percorso per arrivare alla festa, vide degli artigiani che facevano dimostrazioni varie sugli antichi mestieri: dal fabbro, che batteva un pezzo di ferro incandescente, a chi intrecciava ceste o faceva delle "scandole", tegole di legno ricavate con lavorazioni completamente manuali, a spacco, con le quali venivano ricoperti i tetti delle baite alpine. Tutti rimasero affascinati, specialmente le bambine, nel vedere con che maestria queste persone si prodigavano per mostrare un passato ancora presente grazie a loro. Gente fiera e orgogliosa delle loro origini e tradizioni.

“Mamma.”

chiese Ariel,

“ma queste persone fanno davvero questi lavori così belli?”
“No, tesoro. E’ una dimostrazione di come una volta si lavorava duramente per ottenere quello che ora abbiamo in modo più facile e comodo grazie alla tecnologia. Ma è molto importante capire che certe tradizioni non vanno mai dimenticate.”
“Proprio così, bambine.”

aggiunse Lorenzo.

“la storia è importante: non si deve mai dimenticare da dove veniamo, chi siamo, le nostre origini… Bisogna farne tesoro.”
“Sì, papà ma queste persone hanno così tanti anni e sanno fare ancora questi mestieri.. e la stoffa si fa ancora così?”

Carlotta si era fermata davanti a una donna che stava tessendo il lino e la indicò con aria perplessa. La donna rise assieme agli altri di fronte all’innocente domanda, poi Lorenzo rispose a sua figlia:

“Ma no Carlotta, stanno facendo solo delle dimostrazioni, sono molto brave, proprio perché nel corso degli anni hanno saputo mantenere viva la tradizione dei vecchi mestieri. Ora questi lavori non si fanno più. “

Poi le sussurrò all’orecchio:

“Comunque non si indicano le persone con le dita è maleducazione!”

Lorenzo prese per mano la bimba e continuò a camminare. Il percorso si estendeva lungo circa un centinaio di metri e ogni venti metri c’era un punto dove si svolgevano queste attività dimostrative. Il tutto, già pittoresco di per sé, era immerso in un bosco di castagni, betulle e abeti.

“Eccoci arrivati!”

disse Mario.
Alla fine del Sentiero dei Mestieri (così era scritto sul cartello che indicava la piccola mostra) videro un ampio spiazzo adibito per la festa e sovrastato dalle rovine di un castello che poi scoprirono chiamarsi Castellalto.

“Ma questa è una festa medievale!”

esclamò Francesca.

“Sì è una tradizione consolidata, ormai. Tutti gli organizzatori, i camerieri, i musicisti, i cuochi si vestono con abiti dell’epoca. Anche le pietanze sono cucinate nel rispetto delle antiche ricette.”
“Mamma mia che bello! Non sapevo ci fosse una festa così! Peccato che non ho più fame, m’incuriosiscono così tanto quei piatti un po’ strani! Lorenzo, guarda che bravi sono stati, sembra di essere davvero nel medioevo, che bei costumi!”

Francesca si sentiva davvero bene, quella festa sembrava proprio la ciliegina sulla torta di una vacanza indimenticabile. Con sorpresa vide arrivare anche Ana Paula e il fratello, ma loro si sedettero a un tavolo dove li stavano aspettando altri amici.
Suo marito rimase a casa con il figlio perché quella sera si sentiva esausto.
Si scambiarono dei saluti veloci con la promessa di incontrarsi dopo. All'imbrunire cominciarono a suonare. Ci fu l'esecuzione di brani medioevali, dove da padrone la facevano i flauti e il dolce suono delicato di un'arpa. Creavano la cornice ideale in quel contesto, dove ci si aspettava da un momento all'altro l'apparire di un cavaliere o una principessa.
Una volta terminato il concerto e ricevuti i giusti applausi, prese posto un ragazzino molto giovane con una fisarmonica.
Dopo essersi preparato meticolosamente iniziò a darsi il ritmo con il piede battendolo a terra, suonando poi con maestria alcune ballate popolari molto allegre.

"Lorenzo, vieni a ballare?"
"Non ne ho molta voglia."
"Uff, sempre il solito! E dai senti che bella!"

esclamò Francesca un po' scocciata dal comportamento del marito.

"E va bene, solo un ballo però, ok?!"

E lo fece quel ballo, anche se controvoglia, per assecondare la moglie che aveva insistito tanto. Francesca però voleva farne un altro ma Lorenzo non ne voleva sapere. Fu allora che Mario si

presentò davanti a Francesca, producendosi in un inchino degno dell'epoca che si festeggiava, e le porse la mano:
"Signora mi fa l'onore di concedermi questo ballo?"
"Certo."

rispose lei mentre tutta la famiglia rideva per quell'invito d'altri tempi che l'uomo aveva fatto in una maniera alquanto goffa.
Mario era simpatico e divertente e soprattutto le bambine lo adoravano, anche se ormai si stavano addormentando vista la giornata lunga e faticosa. Lorenzo se ne rese conto e disse a Francesca che sarebbe stato meglio rincasare. Così si congedarono da Mario e si diressero verso Ana Paula per salutarla prima di andarsene. L'avevano vista arrivare con il fratello probabilmente per fare anche loro quattro salti prima di rincasare. Mentre si stavano salutando, iniziarono a suonare un lento.
Carlos si alzò sorridendo, prese per mano Francesca e la trascinò in pista a ballare.

"Faccio l'ultimo ballo."

disse lei divertita, mentre si faceva guidare dal giovane.

"Sì, fai pure!"

rispose Lorenzo che si sedette con le bambine a parlare con Ana Paula.

"Lo sai che sei proprio bella?"

disse Carlos fissando Francesca negli occhi con fare tenebroso.

"Ti ringrazio, Carlos."
"Se vuoi stasera vengo su in montagna da voi, so dove state e ci possiamo vedere nel bosco."
"Ma cosa ti viene in mente?!"

rispose Francesca imbarazzata.

"Beh ho visto come mi guardavi!"

Mentre Carlos diceva questa frase fece scivolare delicatamente la mano destra dal fianco verso il sedere di Francesca.

"Se non togli immediatamente la mano da lì ti arriva una ginocchiata in mezzo alle gambe tanto forte che non ci proverai più con una donna per molto tempo! Sono stata chiara?"

Francesca parlò con molta calma esibendo il più cordiale dei suoi sorrisi e Carlos dimostrò subito di avere ricevuto il messaggio ritraendo la mano.

"Scusami"

disse,

"avevo capito male."
"Malissimo, direi!"

Il malinteso finì lì, poi la famigliola ormai esausta ripartì alla volta della baita, con le bambine ormai crollate dal sonno sui sedili posteriori dell'automobile. Tornando giù verso la valle, ammirarono forse per la prima volta il panorama notturno, con tutte quelle luci accese, che faceva della Valsugana una specie di cielo stellato sulla terra.
Ripresero poi la salita che portava alla Val Campelle per tornare alla loro baita. Erano talmente stanchi che andarono tutti a dormire.

"Notte amore."

disse Francesca.

"Notte."

rispose Lorenzo abbracciando sua moglie che si addormentò in pochi istanti.

Lui aveva visto tutta la scena del ballo con la coda dell'occhio ed era contento di amare una donna che non si faceva sedurre neanche da un uomo così bello e affascinante. Sì, era proprio fortunato. Poi si mise a pensare al passato e a quando stava per fare l'errore più grande della sua vita, errore che aveva evitato per puro caso ma che gli aveva fatto capire quanto amasse veramente la sua donna. Ancora a distanza di molti anni solo il pensiero di averla potuta perdere lo faceva soffrire moltissimo e ancora non si dava pace per quella sua debolezza.

LA TENTAZIONE

Erano sposati da poco tempo e felicissimi. Quell'estate decisero di andare in vacanza nella terra d'origine di Francesca, la Calabria. Partirono ai primi di agosto dall'aeroporto di Verona.

Dopo essersi imbarcati, si sedettero uno a fianco all'altra, mano nella mano. Arrivati a Reggio Calabria, furono accolti dagli zii di Francesca, Carmelo e Annalisa.

Due persone di una cordialità infinita e che avevano un'estrema cura dei loro ospiti. Per Lorenzo era il primo viaggio nel Sud Italia.

Aveva visitato diverse zone della penisola ma la località più vicina alla punta dello stivale era stata Velletri, nel Lazio.

Si sistemarono in un appartamento dei genitori di Francesca che di solito veniva affittato ai turisti dato lo scarso utilizzo che se ne faceva. Lo trovavano grazioso e molto confortevole, un ambiente di circa cinquanta metri quadrati dallo stile semplice ed essenziale. Sul tetto c'era una bella terrazza tutta per loro, potevano prendere il sole e rilassarsi sulle sdraio color giallo canarino a righe rosse verticali. Da lì si vedeva lo Stretto di Messina che fece venir voglia di visitare l'isola. La loro passione per l'arte e per la storia li spingeva verso Palermo, Catania, Messina, Noto, e tutte quelle località dov'erano custoditi i grandiosi tesori del passato. Dalle cattedrali, ai palazzi barocchi, ai monumenti che testimoniavano quante svariate civiltà avessero contaminato l'isola, tutto era avvolto dal fascino.

Tracce del mondo antico, greco, romano, normanno, arabo, spagnolo, erano visibili ovunque. La commistione degli stili colpiva nel profondo l'anima. Lorenzo e Francesca, quindi, non si fecero scappare l'occasione di sbarcare in Sicilia e si bearono di fronte a panorami da fiaba, splendori architettonici di enorme bellezza, per non parlare della natura, dei colori, del mare. Ma l'incanto maggiore li colse davanti allo spettacolo dell'Etna, il maestoso vulcano! Tornati in Calabria, dalla breve ma intensa gita in Sicilia, un mercoledì pomeriggio, dopo una mattinata passata in spiaggia, si fermarono in un ristorante vicino al mare. Era una giornata calda come tante altre, ma arieggiata.

Tirava un vento leggero che dava ristoro e rimetteva al mondo. Si stava davvero benissimo. Dopo qualche ora al sole, la pelle di Francesca aveva preso quel suo splendido colore ambrato che faceva sembrare la ragazza ancora più attraente. Aveva un costume che metteva generosamente in risalto le sue belle forme, e la serenità dell'anima faceva risplendere i suoi splendidi occhi scuri. Lorenzo invece, con il suo bel costume in stile hawaiano, pantaloncini a mezza coscia dai colori vivacissimi sui quali spiccavano sgargianti fiori esotici, divertiva chi lo vedeva. Non solo per quei buffi mutandoni, ma anche perché aveva il viso e il corpo rossi come un peperone. La sua carnagione chiara non era propensa ad accogliere i raggi, per lui violenti, del sole di Calabria e Sicilia. Sua moglie aveva provato a fargli capire che non stava bene così, ma sapeva che difficilmente avrebbe cambiato idea quando si fissava su qualcosa.

A lui piacevano e pensava stesse bene, dunque li portava fieramente. Quella mattina trascorse fra bagni di sole e i piccoli dispetti di Francesca. Lorenzo, prima si distendersi sul suo bell'asciugamano rosso, aveva posto vicino all'orecchio, una piccola sveglia che doveva suonare ogni mezz'ora. Questa, faceva scattare la mano come una molla alla ricerca di un tubetto enorme di crema, per la protezione solare, che lei però nascondeva divertita. All'ora di pranzo andarono al ristorante e Lorenzo fece il gentiluomo e accostò la sedia a sé perché Francesca si sedesse. Non aveva calcolato però che anche se sembravano di bambù, in realtà le sedie erano di ferro lavorato, molto pesanti. Cosi si stirò la schiena. Una volta a tavola, dopo qualche imprecazione silenziosa contro le sedie e qualche mossa strategica per distendere la sua povera schiena, ordinarono il pranzo al cameriere. Scelsero un menù davvero luculliano. Finito l'antipasto gustarono degli spaghetti conditi con alici, olio e pane grattugiato. Francesca tornava bambina nel riconoscere quei sapori che le ricordavano molto bene i nonni e le splendide vacanze passate con loro al mare. Mancava da tanto tempo dalla Calabria, ma quei ricordi meravigliosi erano vivi come il cielo azzurro sopra di lei. Mentre Francesca stava in bagno, Lorenzo notò al tavolo di fronte una coppia sui cinquant'anni accompagnata da una ragazza che lo fissava. Avrà avuto non più di vent'anni e lui restò perplesso quando lei, con quell'espressione ancora infantile, cominciò a fargli prima l'occhiolino per poi passarsi la punta della lingua sul labbro inferiore. In quel mentre ritornò Francesca dal bagno. Si alzarono e andarono via. Mentre uscivano dal ristorante,

Lorenzo si girò per un attimo e vide che la ragazza che prima continuava a fissarlo ora gli sorrideva. Lui si voltò di scatto provando una strana eccitazione mista a imbarazzo. Il tempo passava in fretta finché, il penultimo giorno della vacanza, gli zii di Francesca arrivarono per una visita pomeridiana e si fermarono lì un paio d'ore a chiacchierare del più e del meno. Un banale diverbio, nato dalle idee politiche completamente diverse fra gli interlocutori, sfociò in una violenta discussione durante la quale Francesca, prendendo le difese dei suoi parenti, fece infuriare a tal punto suo marito che lui si allontanò sbattendo la porta per andare a fare un giro da solo.

Seduto su una panchina, incrociò con lo sguardo la ragazza che aveva visto al ristorante. La riconobbe subito. Era lì da sola, in minigonna e top rosa che mettevano in risalto le gambe e il piccolo seno. Si sistemò sulla panchina di fronte a lui e riversò la testa all'indietro mettendo in mostra un paio di enormi occhiali da sole color viola. Sorrideva nel vedere che Lorenzo la osservava. Lui se ne accorse e si alzò di scatto per andare verso la vicina gelateria.

Mentre seduto attendeva l'arrivo della sua coppa di gelato alla frutta, vide farsi largo in mezzo ai tavolini la piccola sirena sfacciata. Si accomodò al tavolo vicino a quello di Lorenzo, si tolse gli occhiali da sole e prese di nuovo a fissarlo. Lentamente e in maniera subdola, faceva scivolare la mano fino a sfiorarsi l'interno della coscia. Lorenzo era come impietrito, non avrebbe mai immaginato di trovarsi in una situazione del genere.

Tanto per tagliare corto, con estrema faccia tosta, la ragazza gli disse che lo avrebbe aspettato in camera sua quella sera.

Gli si accostò e scrisse su un tovagliolino di carta, sfilato con destrezza dalla mano di lui, il nome dell'albergo e il numero della stanza.
L'uomo rimase completamente bloccato, non proferì parola, né sembrava avere reazione alcuna. Lei vedendo tanta passività si chinò su di lui per dargli un bacio sulla guancia e nel frattempo gli sfiorò la coscia con la mano, poi salì fino a che non le si stampò sul viso un sorriso soddisfatto. La lolita mangiatrice di uomini scattò veloce e andò via. Lui rimase lì immobile per alcuni minuti, prese un altro tovagliolino, istintivamente si pulì la guancia dove aveva impresso quel marchio di infantile lascivia, poi finì il suo gelato e andò via frastornato. Quella sera Francesca stava poco bene, insolitamente nervosa e di pessimo umore.
Così litigarono nuovamente e lui, che fino a poche ore fa non avrebbe neppure lontanamente immaginato di raggiungere la ragazza, si ritrovò nella hall dell'albergo, il cui nome stava scritto sul foglietto stropicciato, ancora nel fondo di una tasca della sua giacca con gli occhiali che lei aveva dimenticato, forse volutamente, sul tavolino. Era combattuto se restare e mandare avanti quell'avventura assurda o volarsene via a rinfrescarsi le idee con una bella passeggiata sulla spiaggia.
Ma restava lì, come irretito dal canto delle sirene. Lì fermo a ricordare solo quella mano, quegli occhi, quel corpo... Fece un misero tentativo di girarsi verso la porta d'ingresso e vide la faccia dell'uomo anziano alla reception; rispose a quel suo sorriso confezionato e sempre uguale.
Il vecchio gli rivolse un timido:

"Posso fare qualcosa per lei, signore?"

"No, sono atteso."

Andò verso l'ascensore. La sua eccitazione saliva come la marea d'inverno.

Gli sembrava che tutti lo osservassero mentre aspettava che quella maledetta cabina si spalancasse davanti a lui come un libro mai letto, per arrivare da quella ragazza sempre sognata e mai avuta. Si guardava intorno abbassando gli occhi non per pudore, ma per paura, una fottutissima paura che invece di bloccarlo lo eccitava di più, sempre di più. Non arrivava, non voleva proprio arrivare..no, eccolo! Al secondo piano uscì tra le porte magiche che sparivano nel muro per lasciargli vivere la sua avventura. Il sangue gli ribolliva, davanti alla porta della stanza. Lì dentro sarebbe accaduto qualcosa di irreparabile. La fronte imperlata di sudore lo bloccò, frugò in tasca per trovare un fazzoletto ma ne uscì di nuovo quel minuscolo pezzo di carta, segnato da quei minuscoli, infantili caratteri. Si avvicinò a un cestino dei rifiuti e lo gettò via. Poi si asciugò la fronte con la manica di lino della giacca bianca. Stava per bussare ma sentendo delle voci in fondo al corridoio, aspettò ancora.

Sceso il silenzio con un nodo in gola e i pantaloni rigonfi, bussò alla porta. Il sangue cominciò a pulsargli sulla vena del collo, deglutiva saliva in continuazione. Alcuni secondi dopo la porta si aprì di scatto e di fronte a lui c'era lei, l'oggetto del suo desiderio. Alla vista dell'uomo la ragazza sorrise maliziosamente compiaciuta. Indossava un intimo di pizzo color nero semitrasparente da cui si scorgevano i piccoli capezzoli.

Sul ventre aveva legato un pareo rosso, un velo sottilissimo che si apriva leggermente sulle cosce.

Le bastò fare un piccolo passo verso lo stipite della porta e il velo si aprì come un sipario mettendo a nudo il sesso acerbo che aspettava solo Lorenzo.

Emanava un profumo forte di viola, aveva la pelle liscia e chiara, lui fece il gesto di entrare mentre cercava con la mano furtiva il tesoro che era tornato a nascondersi.

Lei lo bloccò, fece un passo indietro tenendosi il pareo con una mano. Masticava una gomma americana mentre gli piantò il palmo della mano libera davanti al viso.

Poi girò la testa come a guardare qualcosa all'interno della stanza. E qualcosa c'era, qualcosa che anche Lorenzo vide: i suoi genitori. Le chiesero chi fosse l'uomo sulla porta e per quale motivo lei si fosse conciata a quel modo.

Non si vergognava? Non ce l'aveva un minimo di pudore? Lui, pallido come un cencio, giustificò la sua presenza lì: doveva restituire gli occhiali da sole che la loro distratta figliola aveva lasciato sul tavolino della gelateria. I genitori della seduttrice, molto cortesemente, lo ringraziarono senza fare ulteriori domande e lo invitarono a entrare per bere un bicchiere di vino. Lui nicchiava, ma loro insistettero strattonandolo all'interno della stanza per un braccio. Il padre aveva origini italiane e la madre irlandese. Vivevano da anni in Svezia, dove lui lavorava come cuoco, mentre lei faceva l'impiegata in un'azienda di autotrasporti internazionali. Si trovavano lì in vacanza con la loro figlia diciannovenne. Per Lorenzo quei pochi minuti furono come un'eternità. La coppia parlava della vacanza, delle bellezze del luogo, di piccole cose che a lui non interessavano minimamente. Guardava, senza farsi notare, la figlia che gli stava di fronte, seduta sul divano accanto ai suoi genitori. Vista l'insistenza della madre, lei aveva indossato una maglietta bianca molto casta, ma sui fianchi aveva ancora il pareo.

E lui impazziva nell'intravedere ancora fra le gambe, che lei astutamente apriva e chiudeva quel tanto da non destare sospetti nei genitori, il motivo per il quale era andato fino lì. La ragazzina si divertiva a giocare con i suoi sensi succhiandosi l'indice in maniera molto sensuale per poi farlo scorrere verso il basso fino all'ombelico. Poi si fermava, accennava un sorriso silenzioso, e riprendeva a muovere le gambe. Era perfidamente diabolica, i genitori blateravano senza accorgersi di nulla. Lui sì, lui vedeva tutto. Dopo pochi minuti, bevuto il vino, Lorenzo si alzò dalla sua poltrona, tutto sudato. Ringraziò e andò via. Appena uscito dalla stanza fu raggiunto dalla ragazza davanti alle porte dell'ascensore. Lui quando la vide arrivare si bloccò. Lei lo baciò su una guancia, appoggiandosi alle sue spalle, poi gli sussurrò all'orecchio un dolcissimo

"ci vediamo domani."

A conclusione dell'opera, con la lingua raggiunse il lobo per un attimo, sorrise e ritornò in camera di corsa. Mentre fuggiva da quella specie d'incubo, Lorenzo pensava che il destino aveva deciso per lui: ciò che non doveva succedere non era successo.

Per un certo verso si sentiva deluso, ma per fortuna nella sua mente stava prendendo il sopravvento l'idea di essere scampato a un pericolo serio ed ebbe come la certezza che non si sarebbe mai più trovato in una simile situazione.

Quella sera faceva leggermente fresco, a dispetto delle altre sere.

Aveva vagato un'ora prima di tornare a casa, pensando alla sciocchezza che stava per fare e cercando di togliersi dalla testa quella lingua e quel corpo che lo infuocavano ancora.
Quell'ultima notte a Reggio Calabria l'avrebbe trascorsa solo con i suoi pensieri: sua moglie già dormiva.
Si spogliò, guardò il viso di Francesca che aveva un'aria serena e dolce. Si avvicinò al suo orecchio e cominciò a baciarlo. Prima, sonnecchiando, lei lo allontanò con il braccio ma poi lui tornò su di lei e cominciò a baciarla sul collo, le si avvinghiò, ebbe la sua vittoria con quella donna ancora arrabbiata che faceva finta di negarsi. Fecero l'amore con estrema passione. Al mattino lui si svegliò e quando aprì gli occhi trovò Francesca che aveva già preparato il caffè. L'aroma riempiva piacevolmente tutta la stanza. Lei gli si avvicinò a gli disse una frase appena sussurrata che lo gelò immediatamente:

"Buongiorno papà."

Lei si sentiva al settimo cielo perché aveva avuto la conferma di essere incinta e poteva finalmente dirglielo. Per questo stava di cattivo umore negli ultimi giorni, viveva nervosa nell'attesa dei risultati degli esami fatti prima di partire per le vacanze e che tardavano ad arrivare. Non aveva detto nulla a Lorenzo anche se non sapeva ancora bene perché. Forse temeva la reazione che avrebbe potuto avere o forse non voleva illuderlo finché non fosse sicura. Lei, sempre così forte e decisa, si era sentita confusa come mai nella sua vita.
Dentro s'incrociavano veloci un miscuglio di emozioni: fragilità, timore, felicità immensa, insicurezza. Lorenzo, dopo il primo momento di shock, la chiamò vicino a sé e poggiò la

mano sul ventre. Fu allora che si rese conto davvero di chi fosse e cosa volesse.
Come se fino a quel momento, tutta la sua vita di fronte a quella notizia non fosse nulla d'importante. Ora aveva capito.
Capì che amava tantissimo Francesca e per niente al mondo l'avrebbe mai voluta perdere. No, non avrebbe mai persa la sua Francesca, né quel figlio che stava nascendo dentro di lei e suo scopo di vita. Momenti come quello che aveva vissuto fino a poche ora prima con quella ragazzina, non si sarebbero più affacciati nella sua esistenza. Solo ora riusciva a decifrare il senso di quello che stava per fare, quella sciocchezza, di ciò che poteva essere la sua fine.

REGINA

All'indomani, già di prima mattina si prospettava un giorno piuttosto nuvoloso e il tempo non prometteva nulla di buono.
Le montagne erano coperte sulle cime da nuvoloni grigi e bassi che vi stazionavano sopra ormai da ore.
Spirava anche un leggero vento. Forse nell'arco della giornata avrebbe spazzato il cielo e riportato il sole.

"Buongiorno tesoro."

Lorenzo baciò in fronte Francesca accoccolata ancora a letto.

"Buongiorno!"

disse lei stiracchiandosi. Poi prese la mano di lui, se la mise sul viso e la baciò.

"Che sonno stamattina!"
"Eh sì, tesoro. Sai, mi sa che pioverà, il cielo è carico di nuvole."
"Beh, vorrà dire che starò ancora un po' a letto, lasceremo dormire le bambine anzi, cosa ne dici di venirmi a fare compagnia?"

Con una mano spostò le lenzuola, prese la mano di Lorenzo, l'appoggiò sul suo seno e poi la fece scivolare verso il ventre. Lui salì sul letto a cavalcioni e cominciò a baciarla sul collo, sul lobo dell'orecchio, infine sulle labbra. Poi le afferrò le gambe e s'infilò dentro di lei. Fecero l'amore finché non si riaddormentarono sfiniti.

"Mamma ti svegli? Uffa, oggi ha davvero tanto sonno!"

Da qualche minuto Carlotta strattonava il lenzuolo dalla parte di Francesca e quando si stava ormai per arrendere, pensando di andarsi a bere un bicchiere d'acqua.

"Mhm.. che succede, che c'è Carlotta?"
"Mamma, io e Ariel siamo sveglie e abbiamo fame."
"Ma che ore sono?"

Guardò l'orologio che aveva al polso.

"Oh, caspita, sono già le undici e mezza! Bambine ora mi alzo, se ce la faccio. Che sonno oggi!"
"Sì, mamma, anche noi abbiamo dormito tanto."
"Ma siete sveglie da tanto tempo bambine?"
"No mamma, è da poco che siamo scese in cucina ma voi non c'eravate così siamo risalite e abbiamo visto che stavate ancora dormendo."
"Beh, dai, venite qui con noi nel lettone. Venite con mamma e papà, su. Ancora un po' e poi scendiamo tutti assieme!"
"Ehi papà, è tardissimo, svegliati"
sussurrò Ariel all'orecchio di suo padre.

“Mhm.. ho sentito, ora mi stiracchio un po’.”

Stirandosi con le braccia, di scatto Lorenzo prese e abbracciò le bambine distese in mezzo al letto e fece loro una pernacchia sulle guance. Le bambine erano felicissime quando lui si produceva in quello scherzo.
Trascorsa una mezz’oretta si alzarono tutti e andarono in cucina, tranne Lorenzo che restò per qualche istante in stanza seduto sul letto. Scuoteva la testa pensando all’incubo che aveva nuovamente turbato il suo sonno. Diventava sempre più intenso e stavolta gli sembrava di aver letto il nome di Francesca ma non ricordava dove: forse su un enorme prato, però non ne era sicuro. Come tutto fosse un ricordo sfocato. Come i flash che lo riportavano sempre in una stanza con pareti bianchissime e una finestra; flash di immagini che sembravano reali ma non sapeva dove le avesse già viste. Poi quel dolore incessante, quelle grida.
Non riusciva proprio a capire che cosa gli stesse accadendo.

Era turbato, ormai da troppo tempo duravano quegli incubi.
Aveva paura. Sperava in cuor suo non fosse niente di particolare, anche se temeva, inutile nasconderselo, di avere qualche problema di natura psicologica o chissà cos’altro di ancora più serio. Francesca, uscita dalla camera, andò nella stanza delle bambine e le vestì. Una volta finito, Carlotta fu la prima a partire come un razzo. Scese le scale volando fra i rimproveri della madre. La bambina raggiunse Lorenzo e lo abbracciò a una gamba, mentre lui stava terminando proprio in quel momento di preparare una colazione leggera.
“Cos’hai piccola?”

chiese Francesca ad Ariel vedendola imbronciata, mentre lei le infilava il maglioncino rosa col coniglio bianco.

“Mamma oggi sono triste e come vedi anche il tempo lo è.
Tutto scuro, non mi piace per niente!”

Francesca le fece una carezza. Ariel credeva che il suo umore influenzasse il tempo perché, un giorno sua nonna, per calmare uno dei suoi pianti a dirotto, le aveva detto che se lei avesse continuato, anche il tempo sarebbe scoppiato in un mare di lacrime.
Ariel da allora credeva convinta che le sue lacrime avessero il potere di far piovere e solamente quando lei era felice, il tempo poteva essere sereno. Se pioveva, era per colpa di qualche altra bambina, sicuramente non sua.

“Dai, andiamo Ariel, che oggi andiamo a conoscere la nostra mucca!”
“Ah, sì mamma! Me n’ero dimenticata, ora vado a fare colazione!”
“Sì, vai, bevi il succo e mangia una sola ciambellina, non troppe come al tuo solito.”

Finita la colazione, si avviarono a piedi verso la malga che fungeva da agriturismo e distava un paio di chilometri.

“Prendi anche gli ombrelli, qua fra poco piove, sai Francesca.
Forse è meglio andare in macchina.”
“No, papà, dai andiamo a piedi!”
“Ok, bambine, come volete.”

Dopo una ventina di minuti, arrivarono alla malga dove li aspettava Guglielmo il malghero.
Aveva il caratteristico camicione in lana con i quadri colorati che si vedeva spesso indossato in zona.
Jeans pesanti, scarponi da lavoro, cappello d'alpino.
Molto alto, con i capelli lunghi, gli occhi azzurri e degli enormi baffi. Indossava anche un grembiule blu con la scritta "trentino doc" e con ricamate nel centro delle piccole montagne, stelle alpine e genziane.

"Salve signori, ben arrivati! Ciao belle bambine!"

Guglielmo salutò la famigliola sulla soglia della porta con aria molto gioviale, diede un buffetto sul nasino di Carlotta e di Ariel e offrì loro delle caramelle. Le bimbe ne scartarono due e le trangugiarono subito, poi Ariel gli chiese:

"Ciao signore, dov'è la nostra mucca?"

Aveva un sorriso aperto che metteva allegria e tenerezza.

"Non perdiamo tempo! Venite in stalla, seguitemi!"

Entrarono nella stalla adiacente al laboratorio. Era tenuta molto bene, pulita e curata.
Tutte le mucche si trovavano al pascolo, tranne una enorme che stava lì da sola.
Aveva un manto color marrone scuro con delle chiazze bianche qua e là. Tutti la trovavano bellissima. Stava mangiando con gusto il fieno.

"Possiamo accarezzarla signore?"
"Sì, certo che potete mica vi mangia! E chiamatemi pure Elmo, bambine, i siori qua non ci sono."

Si fece una gran risata condivisa da tutti, anche se le bambine non capirono cosa volesse dire.
Da quelle parti si usava dare del "sior", con la tipica inflessione dialettale veneta, ai signorotti, alle persone ricche e benestanti.
Non era il caso di Elmo.

"Lei si chiama Regina."
"Signore, lo sappiamo, è la nostra mucca, abbiamo la carta d'identità che dice che è nostra!"

Dalle piccole borsette tirarono fuori una specie di documento con la foto della mucca e i suoi dati.

"Ah, già, ci mancherebbe, certo che lo sapete. Che sciocco che sono!"

Guglielmo si fece un'altra bella risata e continuò:

"Bambine, quando volete, ricordatevi che dovrete anche prendere quello che facciamo con il suo latte, cioè formaggi, tosella, burro e altro."
"Si può anche portare a casa?"

chiese Carlotta raggiante.

"I prodotti? Sì certamente!" disse lui divertito.

"Ma no, signor Elmo, la mucca!"

Le bambine volgevano il viso verso di lui, ma poi si rivolsero ai genitori con aria speranzosa.

"No bambine, adesso la mando al pascolo perché mi sa ha voglia di uscire."
"Ma noi l'abbiamo adottata signore… anzi no, scusi, Elmo."

disse Ariel incalzando testarda.

"Bambine non possiamo tenerla in casa! Sta meglio qui sui monti con le sue amiche. Non credete?"
"Sì, papà, hai proprio ragione."

Carlotta e Ariel si guardarono scambiandosi un cenno d'assenso. "Adotta la mucca" era un'iniziativa molto diffusa nella zona del Lagorai, dove in diverse malghe venivano scelte delle mucche e assegnata loro una carta d'identità. Poi, a chi le adottava pagando una quota, veniva dato il corrispondente in prodotti tipici. Una trovata che serviva a far conoscere quel mondo montano con le sue tradizioni, i suoi sapori e i suoi splendidi posti. Durava da molti anni visto il suo gran successo specialmente con i bambini. Elmo fece vedere alla famigliola come si facevano il formaggio e la ricotta, e poi li invitò tutti a mangiare un boccone a casa sua.
Ormai erano le due di pomeriggio e loro avevano un certo appetito. Finito il pranzo e salutato tutti, si allontanarono lentamente a piedi sulla via del ritorno. Dopo qualche metro

Elmo li richiamò a gran voce perché dimenticarono il cesto con le prelibatezze della loro Regina.

Arrivati quasi alla baita cominciò a diluviare.

"Uff, che tempo, apriamo gli ombrelli altrimenti qua ci inzuppiamo."
"Sì, Lorenzo, per fortuna siamo arrivati."
"Cosa ne dici, Francesca, se andiamo in quel rifugio che ci hanno consigliato? È qui vicino! Tanto dobbiamo stare in casa oggi e mi sa tanto che vale la pena farci un salto."
"Sì, per me va bene, tanto stasera si rientra e avremo il tempo per preparare i bagagli e sistemare un po' la baita. Domani ripartiamo e dobbiamo lasciarla in ordine."
"Sì, certo!"

Salirono in auto e in dieci minuti arrivarono già al rifugio. Una struttura che avevano incrociato più volte ma, per un motivo o per l'altro, non avevano avuto l'occasione di fermarsi.

"Buongiorno."

disse l'oste appena furono entrati nel locale.
"Buongiorno."

rispose Lorenzo. Si sedettero al tavolo a destra dell'entrata.

"Cosa vi posso portare?"

chiese loro un giovane cameriere

"Per me un ginger e per le bambine un the al limone. Tu Lorenzo?"
"Beh io prenderei quel liquore tipico che avete qua, sono anni che non lo bevo!"
"Ah, il parampampoli?"

disse il giovane.

"Sì, sì quello!"

Il cameriere si allontanò e tornò dopo poco con le bevande. I due the, il ginger e una tazzina vuota in ceramica che somigliava a quella del caffè. Le dimensioni erano le stesse ma aveva i piedini.

"Ah, ah, ah, ti hanno già bevuto tutto!"

disse Francesca divertita mentre le bambine le facevano eco con grasse risate.

"Attenzione, per cortesia!"
Una vampata di calore investì tutti quanti. In una padellina rossa a manico lungo, bruciava un liquore in mezzo a delle belle fiamme rosse. Il cameriere mescolò un attimo l'intruglio e lo versò nella tazzina facendolo strabordare.

"Papà, c'è il fuoco! Guarda che fiammeee!"

disse Ariel stupita.

“Sì, papà guarda, brucia tutto lì dentro!”

confermò Carlotta.

“Beh, allora soffiamo tutti assieme! Dai, un bel soffio!”

Lorenzo con un piccolo soffio spense il fuoco, mentre le bambine soffiarono così forte da rovesciare un po’ del liquido addosso al papà.

“Com’è Lorenzo? Non è che ti ustioni la bocca?”
“No tesoro, è molto caldo ma bevendolo a piccoli sorsi si riesce a gustarlo. Mamma mia da quanto tempo è che non lo bevevo!”
“Me lo fai assaggiare?”
“Certo, ma fa attenzione che scotta ed è piuttosto forte.”
“Sì, ne bevo un piccolo sorso.”

Francesca, appena assaggiato l’intruglio, allontanò la tazzina e cercò di capirne gli ingredienti.

“E’ forte, sì! Ma anche dolce, è buono! Con cosa è fatto?”
“Mah, se non ricordo male con caffè, grappa, zucchero, miele, però non conosco la ricetta esatta. Bene o male gli ingredienti principali sono quelli”
“Sì, in effetti la grappa si sente eccome!”

Finito di bere aspettarono che arrivasse qualcuno del locale. Il cameriere, appena visti i bicchieri vuoti si precipitò.

“Mi scusi, è possibile andare in cantina?”

disse Lorenzo.

"Un attimo che chiedo… Sì, potete andare. Volete bere altro signori?"
"No, la ringrazio, andiamo subito in cantina."
"Allora seguite quel gruppo di persone."

Il ragazzo indicò il gruppetto che in fila indiana stava imboccando una porta.

"Grazie. Dai, bambine andiamo anche noi!"

Si avviarono, fecero quattro rampe di scale e furono in cantina, composta da cinque stanze. La prima aveva sui muri tutte bottiglie di vino o di grappa. Appesi al soffitto penzolavano ovunque salumi di ogni tipo.
Anche nella seconda stanza gli insaccati la facevano da padrone, insieme a intere mensole cariche di formaggio, saranno stati qualche centinaia di forme, compresa una gigantesca posizionata in mezzo alla stanza che pesava sicuramente più di un quintale.
Nella terza stanza stavano appesi al soffitto tantissimi speck affumicati, delizia tipica della zona.

"Guarda, papà, quanta roba da mangiare!"

Le bambine erano a testa in su e continuavano a fissare i salumi e ad annusare quel gradevole profumo.

"Ehi, bambine, lo vedete quel salame lì, ai lati?"
"Sì, sì."
"Beh, quello se guardate bene fa il giro della stanza per tre volte. È il salame più lungo del mondo!"

“E deve essere anche il più buono!”

disse Ariel ridendo imbarazzata e nascondendosi dietro le gambe del padre avendo notato un signore che rideva alla sua esclamazione.

“Sì, mi sa di sì, Ariel. Dubito però che ce lo lascino assaggiare, sai?”

Fatto un breve giro nelle varie stanze e fatta qualche degustazione, presero un paio di salumi e risalirono le scale della cantina. Dopo aver pagato salutarono e tornarono alla baita. Si era fatta sera e tutti si sentivano esausti, davvero molto stanchi.

“Facciamo qualcosa per cena? Avete fame, bambine?”
“No, mamma, abbiamo mangiato tanto!”
“Neanche io ho molta fame Francesca. Fra pranzo, assaggi e assaggini sono gonfio come una mongolfiera.”
“Beh, siccome anch’io non ho fame per niente, adesso care bambine ci mettiamo a preparare le valigie per domani e diamo una bella pulita, così..”

Francesca non finì la frase perché fu bloccata dalle loro grida. Indicavano la finestra con la mano:

“Guarda mamma! Fuori dalla finestra! Scende la neve!”
“No, bambine non è neve quella là. E’ grandine, e pure grossa!”
“Povera macchina, vabbè che la vernice è fatta anche per sopportare le forti grandinate, spero proprio che non si rovini!”

"Ecco qua, il solito Lorenzo che pensa alla macchina nuova. Tranquillo che non si farà niente!"

Francesca abbracciò il marito incrociandogli le mani in vita e baciandolo sulla guancia.

"Eh, la fai facile tu. Però bambine, anche se abbiamo mangiato tanto, che ne dite di un bel the caldo coi biscotti di montagna per cena?"
"Sìi, papà, che buoni!"
"Uff, Lorenzo, hanno mangiato troppo e anche noi!"
"Ma amore, ci viziamo un po' prima del rientro. Poi di momenti così lo sai anche tu, una volta che cominciamo a lavorare non ne avremo tanti, eh? Tutti insieme come ora."
"Sì, in effetti hai ragione."
"Bene io metto su l'acqua calda e dò una pulita alla cucina, intanto voi aiutate la mamma a far le valigie e a pulire un po' il soggiorno e le camere."
Le bambine seguirono la madre e dopo una mezz'oretta, sistemata alla meglio la casa, si sedettero tutti in cucina intorno al tavolo.

"Ecco, papà, abbiamo finito."

disse Ariel sorridente.

"Ora vi verso un buonissimo the ai frutti di bosco. Fate attenzione, è caldo."
"Io prendo i biscotti."

Carlotta tirò fuori dalla credenza la scatola delle delizie. I biscotti, a forma di cuore, fatti con il burro di malga e al centro ripieni di marmellata e miele; ovviamente erano prodotti locali. Per questo le bambine li chiamavano i "biscotti di montagna".

"Ma sai, Francesca, che quasi, quasi vado a farmi una corsetta di mezz'ora dato che ha smesso di grandinare?"
"Va bene ma vai piano e copriti un po'."

Lorenzo salì in camera, indossò una tuta e le scarpe da jogging, prese l'ipod, salutò e uscì. Amava molto andare in bici e a correre quando poteva. Lo rilassava. Si mise gli auricolari, diede volume e cominciò a fare la sua corsetta ascoltando musica.
Fece un bel giro, ormai non c'erano intorno automobili sulle strade e lui si gustava quella natura e quella tranquillità così rari nella vita quotidiana. Tutto intorno si muoveva con lui, e sentiva il piacere della fatica, del sudore che gli scendeva dalla fronte. Quella sensazione lo rigenerava, lo aiutava a sentire vivi il corpo e la mente. Tornò a casa e arrivato sulla soglia aprì la porta piano; entrò tutto sudato e si diresse a fare una doccia calda.

"Ma siete ancora qui?"

disse Lorenzo in accappatoio appena uscito dal bagno.

"Sì, papà abbiamo deciso di giocare ai mimi."
"Ma che brave le mie bambine!"

Lorenzo si chinò e baciò Ariel sulla testa.

"Giochi anche tu?"
"Certo che gioco, Carlotta!"
"Tocca a te mamma!"

Francesca uscì.

"Allora che parola è mamma?"

chiesero le bambine divertite. Lei indicò con le dita il numero uno e poi unì le mani.

"Pregare!"

urlò Carlotta. Francesca fece di no con il capo e poi ripeté quel gesto.
"Nuotare!"
urlò di nuovo Carlotta, e tutti scoppiarono a ridere.

"Ma no, Carlotta come ti viene in mente nuotare!"
"Eh, papà..sai pensavo che facesse il gesto del nuotare."

e giù a ridere di nuovo tutti quanti assieme.

"Allora, aspettiamo che la mamma finisca di darci indicazioni sulla parola."

disse Ariel. Francesca rimise le mani giunte, le avvicinò all'orecchio destro e pose la testa su di esse chiudendo gli occhi.

"Dormire!"

gridò Carlotta ridendo.

“Brava.”

disse Francesca

“Uffa, la sapevo anche io questa!”

disse Ariel.

“Sì, brava Carlotta, hai indovinato: la parola è dormire ed è anche ora che tutti noi andiamo a dormire.”

Sorridendo Francesca fece capire che si era fatto tardi e che dovevano andare a letto.
Sistemarono in un attimo la stanza e poi salirono tutti nelle loro camere. Lorenzo si fermò dalle bambine con l’idea di raccontare loro una favola prima della buonanotte, ma vide che già entrambe si erano addormentate velocemente, così raggiunse Francesca in bagno, intenta a mettersi creme varie sul viso e sulle mani.

“Sai, sono proprio contento per le bambine”
“Sì, qui è un posto ideale, hanno preso un bel colorito. Hanno mangiato sempre senza tanti capricci e le ho viste divertirsi un mondo a giocare.”
“Sì, credo che faccia bene a tutti stare a contatto con la natura.”
“Ora però dormiamo Lorenzo, sono stanchissima, quasi non ce la faccio neanche più a parlare.”

“Hai ragione amore, buonanotte.”

Si diedero un tenero bacio sulle labbra e si addormentarono.

LA CURA

"Dottoressa, forse ci siamo!"

Disse Erwin tutto emozionato, un ricercatore italo-americano d'indubbio talento che lavorava in quel laboratorio di ricerca ormai da un anno. Lavorare in un posto così all'avanguardia, specialmente per uno appena uscito dai corsi di specializzazione universitari non era facile, anzi per molti un sogno.
Lui era considerato un talento, un vero genio. Il suo percorso di studio gli aveva fatto conoscere le nanotecnologie nucleari bidimensionali. Lavorò anche per sei mesi, nel settore sperimentazione delle Nazioni Unite sulla Luna.
Un ventottenne alto e magrolino, con i capelli rasati a zero. Un bel ragazzo, anche se per lui le donne e il divertimento non esistevano. Per Erwin la ricerca era l'unico scopo e motivo di vita. Aveva un grosso neo proprio in mezzo alla guancia sinistra, che lui si colorava di viola.

"Davvero?"

rispose Ester, la responsabile del laboratorio, intenta a osservare i due schermi tridimensionali posizionati di fronte a lei. Aveva risposto quasi come per un riflesso condizionato all'esclamazione del suo ricercatore, tanto stava concentrata.

“Fammi vedere, ora arrivo.”

Si alzò e si diresse verso il settore di Erwin.

“Dottoressa, dottoressa!”

Anche Molly, la segretaria del reparto, chiamava la sua responsabile.

“Sì, dimmi Molly.”
“La vogliono sul canale due.”
“Ditemi, ci sono novità?”

Ester si collegò e rispose alla videochiamata dove l’attendeva il viso di un signore anziano con il camice.

“Ester, i risultati sono sempre quelli degli ultimi dieci anni. Le curve segnalano nella giornata uno stato di quiete assoluta fino però ad un certo punto, quasi sempre alla stessa ora, quando arrivano dei picchi incredibili che durano qualche minuto per poi azzerarsi. Si ripetono ogni settantadue ore, per circa dieci minuti. Poi tornano piatti. Secondo le nostre teorie e i dati evidenti, crediamo di poter dire con certezza che il suo stato è indubbiamente provocato dal trauma. Ha rimosso qualsiasi cosa gli stia intorno per rifugiarsi in un mondo tutto suo”
“Non mi sbagliavo allora, ci siamo! La strada è giusta! Quando si sveglierà gli chiederemo se veramente il tuo collega aveva ragione sulla teoria del rifugio che si è creato, che sinceramente non condivido.”

Ester aveva detto tutto questo con aria molto seria.

“Ne è sicura dottoressa?”

Chiese Arianna una ricercatrice fiorentina. Prossima ai cinquant’anni, aveva una notevole esperienza e per questo nel tempo divenne un punto di riferimento importante anche per un semplice consiglio sia su questioni professionali che umane.
Una delle poche persone al mondo specializzate in onde celebrali dimensionali e funzionalità nascoste del cervello. Una donna solitamente calma e misurata, carina e un po’ paffutella.
Sposata da vent’anni, dopo molto tempo aveva finalmente coronato il suo sogno di diventare madre. Aveva messo alla luce due splendide e urlanti gemelle.
La notte dormiva poco da un paio d’anni ma la sua felicità superava quel fastidioso inconveniente. Fu una delle ricercatrici volute assolutamente da Ester, proprio per dare quella svolta che ora sembrava arrivata.

“Certo ne sono sicurissima, questo esame, grazie alla tua diagnosi e alla tecnica che abbiamo appena applicato, ci sta dando conferma che tutto porta in un’unica direzione.”
“Dice sul serio?”

esclamò emozionata Arianna.

“Sì, forza ragazzi, diamoci sotto che ormai siamo sulla strada giusta! Voglio avere quella cura pronta entro qualche settimana. Ci siamo!”

PARTENZA

“Lorenzo svegliati, svegliati!”

disse Francesca scuotendolo vigorosamente nel cuore della notte.

“Cosa c’è amore?”

Le rispose girandosi agitato verso di lei e accendendo la luce del comodino.

“Stavi chiamando i nomi delle bambine a voce alta, agitavi le braccia. Sembravi disperato. Ho avuto paura e ti ho svegliato.”

Così dicendo, qualche lacrima cominciò a scenderle dal suo viso. Si sentiva davvero molto spaventata.

“Francesca, mi hai svegliato di soprassalto e così ricordo bene quello che stavo sognando. È il solito incubo. Vedo ancora le pareti bianche e nel toccarle le sento gelate, c’è un crocifisso davanti a me e una grande finestra. Lì fuori due persone mi stanno fissando e indicando, mi sembra di conoscerle, ma non ho capito chi siano. E ho sentito anche delle voci”
“Delle voci?”

chiese Francesca.

"Sì, delle voci. Ho visto il tuo viso per un attimo, poi le nostre figlie che si allontanavano. Io cercavo di fermarvi ma non ci riuscivo. Mi ricordo che specialmente Carlotta per qualche minuto si è fermata e si è girata verso di me. Lei continuava a chiamarmi, piangeva ed io ero lì che le rispondevo ma non mi sentiva e poi mi hai svegliato! Ecco, mi ricordo tutto"
"Quando torniamo a Padova andiamo da qualche dottore, non è possibile che tu abbia sempre questo incubo e stavolta ho avuto proprio paura. Magari è una cosa seria."
"Hai ragione tesoro. Prenderò appuntamento con un medico la settimana prossima, te lo giuro. Anche se per me si tratta solo di stress per il troppo lavoro."
"Sì, forse, tesoro. Comunque è meglio andare da un dottore."
"Ok. Ma ora torniamo a dormire."

Francesca si avvicinò a Lorenzo, lo baciò e lo abbracciò tenendoselo stretto e dormirono così fino al mattino.

"Caffè?"
"Sì, tesoro, stamattina mi hai anticipato."

Lorenzo sbadigliò e si grattò la pancia. Indossava ancora il pigiama, le pantofole di una delle bambine, quelle con l'animaletto di peluche. Le aveva trovate in bagno e avendo i piedi gelati le aveva calzate anche se strette e piccole. Praticamente l'unica parte del piede coperta era la punta.

"Che ore sono Francesca?"
"Le dieci, caro mio. Abbiamo dormito tanto stamani, eh?"
"Già, già."

Lorenzo si accigliò per un attimo al pensiero di quanto accaduto la notte precedente. Poi sbadigliò nuovamente. Improvvisamente squillò il cellulare di Francesca.

"Sì, pronto? Ah, ciao papà, buongiorno!"
"Francesca ciao, scusa se ti scoccio ma proprio stasera arriva quel grosso cliente dal Giappone che ha anticipato l'arrivo di una settimana. Mi ha chiamato ed ha chiesto espressamente di te. Cosa facciamo? Torni oggi pomeriggio?"
"Beh, papà, ormai le tre settimane di vacanza le abbiamo fatte, se c'è da tornare parto verso mezzogiorno e sarò lì per la sera senza problemi. Anticipo solo la partenza di qualche ora, non ti preoccupare."
"Grazie piccola."
"E di cosa papà? Stai tranquillo, lo prendiamo quel cliente, è cosa già fatta!"
"Bene allora ti aspetto, così andremo assieme all'aeroporto. Scusa ancora il disturbo e salutami le mie belle nipotine che non vedo l'ora di rivedere. Ah, saluta anche Lorenzo."
"Sarà fatto papà, le bimbe sono ancora a dormire ma ora vado a svegliarle e te le saluto. Ciao papà!"
"Ciao Francesca."
"Lorenzo sai era papà e.."
Lui la interruppe e disse

"Ho sentito tutto. Non ci sono problemi a tornare. Lo so quanto ci tieni a quel cliente e penso che sia ora che rispolveri il tuo giapponese. Mi pare sia da qualche mese che non lo parli."

Lorenzo rise, si alzò, prese il caffè dalle mani di Francesca e la baciò sulla guancia. Lei divenne tutta rossa, ancora si emozionava per i piccoli gesti di quell'uomo.

"Va' di sopra a svegliare le bambine, così facciamo colazione e poi partiamo."
"Ok, vado."

Francesca si allontanò non prima di avergli accarezzato il viso e guardato intensamente per pochi secondi i suoi occhi. Le bambine, una volta sveglie, ricevettero i saluti del nonno che anche loro non vedevano l'ora di riabbracciare. Di certo aveva pronto per loro un bel regalino. Era bravo il loro nonno, pensavano. Senza problemi fecero colazione e misero le ultime cose nelle valigie e finirono di sistemare tutto, Lorenzo andò a consegnare le chiavi della baita comunale al gestore e saldò l'affitto per quelle tre settimane facendo capire che, di sicuro, l'anno prossimo sarebbero tornati. Si congedarono bevendo un bicchiere di vino.

"Forza, forza, carichiamo le valigie, su bambine!"
"Sì, papà."
"Già tornato?"
"Sì, Francesca, tutto fatto. Nessun problema. Dobbiamo tornare qua, prima o poi. Siamo stati davvero bene, vero tesoro?"
"Sì, proprio bene, magari ci facciamo un weekend io e te da soli. Lasciamo le bambine dai nonni. Cosa ne dici?"

Francesca gli strizzò l'occhio e sorrise.

"Uhm, bella idea. Sì, davvero un'ottima idea!"
Lorenzo si avvicinò a Francesca e la baciò sulla guancia sorridendo.

"Dai, andiamo!"
"Allora guidi tu come promesso vero? Sai, ho anche bevuto un bicchierino col gestore."
"Certo, tanto in un paio d'ore siamo in città, che vuoi che sia! Però ho bisogno di un navigatore e chi può esserlo? Vediamo..mhm il papà non può mhm...vediamo"
"Io, io!"

gridarono insieme le bambine saltando con le braccia alzate per farsi notare. Lorenzo e Francesca sorrisero.

"Ok, allora io mi accomodo dietro, capito!"

Lorenzo salì sui sedili posteriori dell'auto.

"Allora, allora direi che per il primo pezzo starà vicina a me Carlotta e per il secondo Ariel? Va bene bambine?"
"Sì." disse entusiasta Ariel.
"Insomma, sì, dai."

disse sbuffando Carlotta. Partirono e cantarono per tutto il viaggio di ritorno canzoni di montagna, le sigle dei loro cartoni animati preferiti, i motivetti amatissimi dalle bambine come "Viky l'acciuga chitarrina" e "Guscetto l'uomo pistacchio". Si fermarono all'altezza di Bassano del Grappa per fare una piccola sosta e anche il cambio del navigatore.

“Bene, Ariel, allacciati la cintura e andiamo.”
“Sì, mamma, ora navigo io.”

Arrivati alla cintura elettronica di Padova, Francesca inserì la guida automatica, obbligatoria quando si entrava in città.
Era da un paio d’anni che vigeva questa regola.

“Visto Lorenzo come ho guidato bene?”
“Se, se, davvero bene. Dai, stavolta non posso dire proprio niente.”

Lorenzo sorrise mentre Francesca si stava rilassando.

“Quando arriviamo non vedo l’ora di farmi un bel bagno.”
“Sì, tesoro forse l’unica cosa che mi è mancata in questi giorni è proprio una bella nuotata.”
“Sì, la piscina!”

gridarono entusiaste le bambine. Improvvisamente Lorenzo notò qualcosa davanti a loro che non andava.

“Ma guarda quel camion come prende veloce la rotonda! È pazzo?!”

Un botto tremendo fece tremare i vetri delle case circostanti. Del fumo saliva dalla strada, fumo nero, acre. Molti si affacciarono alle finestre, molti accorsero sul luogo dell'incidente. In breve tempo le luci delle ambulanze e della polizia erano ovunque nella zona. Gente che scuoteva la testa, altri che si portavano le mani al volto e piangevano.

"Cosa è successo?"

chiese un passante ad uno dei poliziotti presenti che delimitava l'area con il nastro rosso e bianco.
"Un brutto incidente, sembra che un camion abbia invaso la corsia opposta"
"Ci sono feriti?"
"Guardi, pare una famiglia di quattro persone sull'auto che vede lì in fondo accartocciata. Francamente non saprei dirle i dettagli, sono arrivato da poco e ho avuto l'ordine di tenere lontana la gente. Stanno facendo accertamenti ma sembra che abbia ceduto un semiasse del camion o non abbia funzionato la guida automatica inserita. L'autista del camion sembra stia bene. Altro non so."

L' ABBANDONO

“Dottoressa Ester, stiamo monitorando il paziente che poco fa ha avuto un picco più forte degli altri, e siamo intervenuti con un calmante.”
“Bene! Bravi, ragazzi!”
“Noi continuiamo a stare qui e se ci sono novità l'avvertiamo.”
“Sì, ma da domani cambierà tutto finalmente, o almeno lo spero. La sperimentazione della cura è terminata ed è positiva.”

Ester guardò le facce dei ragazzi del suo gruppo di ricerca che le risposero chi con un sorriso, chi con un cenno di assenso col capo, chi col pollice in alto.

“Chiamate Carlotta, domani sarà un gran giorno.”
“Sì.”

rispose Molly che si avviò nel suo ufficio e prese il telefono.

“Pronto?”
“Sì, pronto!”

rispose Carlotta agitata nel riconoscere quella voce che raramente la chiamava per darle buone notizie, ma questa volta sapeva che la chiamata era solo per un motivo.

"Signorina Carlotta, domani deve venire in Clinica."
"Ok, ma ci sono novità?"
"La dottoressa Ester mi ha detto che domani sarà un gran giorno."
"Va bene a domani allora, sarò li verso le 17 se va bene a voi.
O prima?"
"Quando vuole signorina, l'aspettiamo: certo non inizieremo senza di lei."

Riagganciando a Carlotta scese una lacrima che asciugò subito. Cominciò a muovere le mani nervosamente alla ricerca di qualcosa da prendere, da fare.

"Chi era?"

Dal corridoio la sagoma di suo nonno si stava avvicinando con il suo bastone.

"Ester nonno. Vuole che domani andiamo in clinica."

Carlotta abbracciò il nonno e si mise a piangere copiosa sulla sua spalla.

"Era ora!"

rispose in nonno con tono duro ma commosso. Poi guardò sua nipote e le fece una carezza.

"Su, su Carlotta: domani mica vorrai farti vedere con gli occhi gonfi!"

“Hai ragione nonno.”

Carlotta sorrise.

"Dottore, sono arrivati con l'elicottero!"
"Quanti sono?"
"Per ora due. Gli altri sono ancora li, aspettano che arrivi il supervisore per gli accertamenti del caso."
"Bene, avete una prima valutazione delle condizioni?"
"Sì, la bambina sembra avere un braccio e una gamba fratturati. La persona adulta, un maschio sui quarant'anni, ha sicuramente delle costole rotte e gli arti superiori fratturati."
"Ok, portateli in emergenza per le analisi, darò loro un'occhiata io, che è meglio."

"Dove sono?"

gridò Lorenzo che riprese conoscenza appena disteso sul lettino del pronto soccorso.

"Non si preoccupi signore, è in ospedale."

rispose l'infermiera accanto a lui.

"Oh, mio Dio, che è successo?! Quel camion, quel maledetto camion! Per favore mi dica, la mia famiglia…come stanno…dove sono?"
"Signore, pensiamo a curare lei, poi le faremo sapere!"

Lorenzo leggendo il nome sul cartellino incalzò:

"Miriam, lei si chiama Miriam, la prego mi dica come stanno le mie figlie, mia moglie!"

La sua voce disperata raggiunse anche il medico che arrivò subito con aria seccata e passò una siringa di calmante all'infermiera.

"No dottore, prima voglio sapere, la prego! Mi dica, le mie bambine, mia moglie, come stanno? Dove sono?"

Con la mano teneva stretto un lembo del camice del medico.

"Stiamo facendo il possibile, non si preoccupi."

Il dottore si avvicinò e si chinò verso Lorenzo mentre gli veniva praticata l'iniezione. Lorenzo dopo pochi secondi chiuse gli occhi e smise di muoversi e parlare. La sua mano, ormai debole, fino all'ultimo tentò invano la presa sul camice in attesa di una disperata risposta. Il medico la ripose sul suo petto e con l'infermiera fecero qualche passo indietro verso il corridoio guardandolo con compassione.

"Dottore, in che condizioni sono gli altri della sua famiglia?"
"Mi hanno detto che ci sono stati due decessi. Una donna, la moglie, e purtroppo una delle figlie, la bambina seduta sul sedile davanti. Non hanno avuto scampo. Quella invece che stava dietro con il padre, sembra sia sopravvissuta all'impatto anche se in condizioni disperate. Ha una grave emorragia interna e non sappiamo se si salverà."

Anche se aveva chiuso gli occhi e il potente calmante stava facendo il suo effetto, Lorenzo aveva sentito tutto distintamente.

“Infermiera, tenga sotto controllo il paziente, io tornerò subito.”
“Va bene dottore.”

Avvicinandosi a Lorenzo notò che era immobile e aveva gli occhi chiusi, ma le lacrime scorrevano sul suo viso.

“Infermiera!”

Il dottore la chiamò dal corridoio, lei usci dalla stanza e gli si avvicinò.

“Cosa c’è, dottore?”
“Ho appena saputo che l’altra figlia ce la farà.”
“Davvero?”

Il viso dell’infermiera s’illuminò. La donna si girò e tornò nella stanza. Avvicinò la bocca all’orecchio di Lorenzo, convinta di dargli una buona notizia e gli sussurrò:

“Sua figlia è viva, ce la farà.”

Purtroppo quelle parole non poteva più sentirle. La sua anima si era eclissata e il suo cuore era lacerato. Avevano già abbandonato il corpo, sepolti dal dolore.

CARLOTTA

"Sì, pronto?"
"Buongiorno, sono Carlotta. Arrivo fra un'oretta, verso le 18."
"Bene, avverto il primario e la dottoressa Ester."

Carlotta riagganciò e si stiracchiò un attimo, si stropicciò gli occhi gonfi di sonno e stanchezza. Andò in camera sua, aprì l'armadio stile Luigi XVI, guardò alcune camicette storcendo il naso. Improvvisamente suonò la radiosveglia che aveva caricato per paura di addormentarsi. Posta sul comodino, indicava sia l'ora sia la data. Era il primo giugno 2035. Si mise un paio di jeans neri attillati, una t-shirt rossa con una rosa disegnata sul cuore e degli stivaletti color mattone. Carlotta somigliava molto a sua madre da giovane, sia nell'abbigliamento che nell'aspetto. Come molte ragazze della sua età portava un paio di tatuaggi tridimensionali, che con una leggera pressione si muovevano per qualche secondo. Uno sulla caviglia raffigurava un delfino che salta nel mare, e uno sul polso una piccola rosa.

"Nonno tu vieni con me?"

gridò dalla sua stanza rivolta verso il corridoio.

"Carlotta non gridare!"

Disse il nonno infastidito dalle urla della nipote.
Ormai molto anziano, effettivamente qualche problema di udito lo aveva ma, a parte anche il fatto di zoppicare, per il resto aveva tutto sommato una buona forma fisica per la sua età. Non aveva altri acciacchi, anzi, ancora aveva la carica di presidente dell'azienda, che però aveva delegato ormai da un paio d'anni a un manager di sua fiducia e a sua nipote Carlotta. Lei era come sua madre: determinata, ambiziosa, professionale e aveva intuito negli affari. Lavorava anche quattordici ore di fila visitando i vari reparti, seguendo la produzione e il lato commerciale.
Stimata sia a livello dirigenziale sia dai suoi operai e ricercatori, pur essendo ancora così giovane, era orgogliosa di portare avanti l'azienda di famiglia. Carlotta non si era laureata, una volta diplomata aveva insistito con nonno Raimondo per lavorare.
Dopo l'incidente si era assunta molte responsabilità e una di queste, secondo lei, era quella di aiutare il nonno come avrebbe fatto sua madre.

"Allora Carlotta, mi raccomando, quando arrivi chiamami.
Io oggi sto qua, sai, non mi sento molto bene."
"Cos'hai nonno?"
"Ma niente, ho preso magari un po' di freddo, mi fa male la solita caviglia."

Il nonno, un paio di anni prima, mentre cercava funghi in montagna, aveva messo maldestramente un piede su alcune foglie che nascondevano un pezzo di ramo bagnato. Perse l'equilibrio cadendo rovinosamente a terra, distorcendosi la caviglia destra, lesionando in maniera irreparabile i legamenti.

“Allora io vado nonno, ci sentiamo dopo.”
“Ciao Carlotta.. e un bacio al tuo povero nonno non lo dai?”

Carlotta sorridendo diede un bacio sulla guancia del nonno, poi si avviò alla macchina. Sapeva bene che oltre al dolore alla gamba e al piede, era molto, troppo emozionato all’idea che ci fosse la possibilità del risveglio di suo padre. Per lui era una sofferenza stare lì in ospedale, per questo Carlotta non aveva insistito nel convincerlo a seguirla. Quando mancavano pochi metri alla clinica, fece un sospiro. Ogni volta si emozionava e si agitava tantissimo, anche se la cosa non si notava. Parcheggiata la macchina, scese e si avvicinò all’ingresso.

“Buonasera signorina Carlotta.”

le disse un’infermiera incrociandola nell’atrio.

“Buonasera Germana, sai dov’è il dottor Benedetti?”
“Sì, la sta aspettando nel suo studio.”
“Ok, grazie e buona giornata.”

Carlotta arrivò all’ascensore, premette il pulsante e attese. Quando si aprirono le porte al suo interno si trovava Augusto, un giovane infermiere biondo, occhi azzurri e orecchie leggermente più grandi del normale, un po’ a sventola. A Carlotta piaceva moltissimo. Diventava rossa in viso e le veniva la pelle d’oca ogni volta che lo vedeva.

“Ciao Carlotta, come va?”

disse Augusto sorridendole in maniera timida. Si mordeva il labbro superiore e aveva incrociato le mani davanti a sé, muovendo i pollici nervosamente.

"Ehm, bene, bene, stai andando via?"
"No, no, sto andando in giardino a prendere proprio tuo padre che si gode l'aria fresca ormai da un'ora. Lo riporto in stanza perché fra poco mi sa che piove."
"Ehm, allora ti aspetto su, portami il mio papà."

Carlotta arrossì.

"Sì, certo."

disse Augusto uscendo, tutto emozionato. Il cuore gli era arrivato in gola e non riuscì a dire altro. Arrivata all'ultimo piano, Carlotta si diresse alla stanza del primario. Prima di entrare si fermò, fece un bel sospiro e bussò alla porta.

"Avanti!"
"Buonasera dottore."
"Buonasera Carlotta."

disse il dottor Benedetti con espressione seria. Era un luminare della medicina e dal suo accento si capivano le chiare origini sarde. Un bell'uomo di sessant'anni, sempre con in viso un'espressione severa.

"Dottore, come sta procedendo questa cura?"

"Signorina Carlotta, io direi che finalmente, dopo quindici anni, forse oggi riusciremo a riportare qui suo padre."

Carlotta deglutì e gli occhi le divennero lucidi. Le scivolò una lacrima sullo zigomo destro che però lei asciugò immediatamente girando il capo di lato.

"Dice davvero dottore, non mi sta prendendo in giro?"
"Signorina, io non scherzo mai, specialmente su questioni mediche."

disse il dottore alzandosi in piedi. Carlotta alzando lo sguardo diventò seria.

"Dottore, lo so ma è che non me l'aspettavo. Sa, all'inizio abbiamo provato tante cure ma nessuna ha avuto effetti confortanti. Quando lei mi ha fatto presente che voleva sperimentare una nuova cura ancora in una fase di studio, dopo tanti anni, non credevo che sarebbe stata pronta in così breve tempo."
"Ha ragione, e scusi se le ho risposto in maniera così dura."

Il medico più che per educazione parlò per il suo interesse, ricordandosi che quella clinica destinata a ospitare le lungo degenze, nonché laboratorio di ricerca all'avanguardia, ideata, costruita e poi finanziata dal nonno di Carlotta.

"Andiamo!"

Uscirono dirigendosi ai reparti. Il lungo corridoio costeggiava una vetrata, dalla quale si poteva vedere l'interno delle stanze dei degenti, tutte molto curate e confortevoli.
Arrivati alla stanza, Carlotta vide che suo padre non era ancora arrivato. Entrò e si sedette sulla sedia, la sua sedia, dove da quindici anni si metteva quando faceva visita al padre. Stava a circa un metro dal letto.

"Come mai non è ancora qui?"

si chiese accigliato il primario.

"Non importa, aspetto, non ci sono problemi dottore."
"Sì signorina, ma doveva essere già qui!"

Anche se contrariato il medico fece un cenno di assenso e incrociò le braccia. Carlotta era molto agitata e l'idea che magari riprendesse Augusto non le faceva certo piacere, specialmente quel giorno che poteva rivelarsi così importante. Mentre stava seduta con le mani sulle gambe che muoveva con agitazione, cominciò a guardare quella stanza che aveva visto centinaia di volte. Muri bianchi, un armadio, un mobile per la televisione e un computer portatile. Di fronte al letto, era appesa la fotografia di Lorenzo con Francesca, Carlotta e Ariel, e un orologio in legno di quelli classici a lancette che segnavano il tempo con il tipico ticchettio. Sul comodino avevano portato da poco una bottiglia d'acqua. Carlotta se ne versò un bicchiere.
Poi si mise a fissare l'enorme vetrata che dava sul giardino. Vide la statua di sua madre con a fianco sua sorella, ad altezza naturale, in marmo bianco. Avevano gli sguardi rivolti alla

clinica, alla stanza in cui viveva suo padre. Erano davvero molto somiglianti alle persone che avrebbero dovuto ricordare in eterno. Avevano creato un parco con numerosi vialetti che procedevano sparsi lungo il perimetro.
C'era anche una grande fontana formata alla base da una grossa pietra, dove c'era la scritta "Ariel" in lettere d'oro, rivolta verso l'orizzonte, in direzione della casa del nonno.
Lui pensava così che sua nipote gli stesse sempre accanto. Nel parco si trovavano tantissimi tipi di piante, alberi e fiori. Delle ampie aiuole poste vicino all'ingresso della clinica formavano il nome Francesca.

"Eccoci."

disse sorridendo Augusto entrando in stanza con Lorenzo sulla carrozzella.

"Ciao papà."

disse Carlotta con voce strozzata avvicinandosi col viso al padre e mettendogli una mano sulla spalla.

"Bene signor Lorenzo. E ora un ultimo sforzo."
disse Augusto portando il corpo di Lorenzo sul letto, aiutato da un altro infermiere entrato in stanza con loro.

"C'è altro dottore?"
"Sì, restate qui in stanza, farete i turni, dovrà sempre esserci qualcuno qua dentro."
"Papà, mi senti?"

Carlotta lo chiamava appoggiandosi con le mani sul letto.

“Signorina, per favore, ora devo fare l’iniezione, si allontani, non so quanto tempo ci vorrà per la reazione.”
“Va bene, dottore.”

Carlotta si alzò e spostò la sedia vicino al muro posto di fronte al letto di suo padre e si mise a guardarlo con apprensione. Il dottore prese la siringa e la inserì nella flebo che Lorenzo aveva in vena, ormai quasi come un’appendice naturale del suo corpo.

“Ora non c’è che da aspettare signorina, non si preoccupi.”
“Va bene dottore.”

Carlotta fece un accenno di sorriso al dottore e poi si girò verso gli infermieri e in speciale modo verso Augusto. Era contenta che lui stesse lì in quel momento. Le dava sicurezza. Carlotta accavallò le gambe. Fissava il padre.

Cronaca 01/09/2018 telegiornalenazionalewebnews: cronaca in diretta:

-Ci giunge notizia che sul luogo dell'incidente è arrivato un nostro inviato. Sul posto il nostro inviato Julian.

A te Julian.

-Sì, grazie studio. Una nuova tragedia della strada strazia una famiglia in un tratto delle rotonde che vanno da via Galilei a via della Repubblica. La strada è ormai chiusa al traffico da qualche ora. In un terribile incidente sono stati coinvolti una famiglia padovana e un camionista di origine tedesca.

Il camionista è risultato illeso e sembra che subito dopo l'impatto sia sceso e abbia soccorso per primo i passeggeri dell'auto. La famiglia era composta da quattro persone: i genitori e due figlie. Purtroppo nello schianto hanno perso la vita una bambina e la madre. L'impatto frontale violentissimo non ha lasciato scampo al passeggero seduto davanti, la bambina, e alla madre che era alla guida del veicolo. Ci scusiamo ma le notizie sono ancora un po' frammentate. Ripetiamo, hanno perso la vita una giovane mamma e sua figlia.

Sembra che la famiglia tornasse da una vacanza in Trentino e che avesse anticipato il rientro.

L'uomo e l'altra figlia sembra che siano rimasti gravemente feriti. In merito alla dinamica, anche se non chiara nei primi momenti, sembra si stia delineando una colpa del camion, dovuta a un cedimento meccanico. Uscito da una rotonda sarebbe improvvisamente sbandato sulla corsia opposta. Gli agenti stanno ancora procedendo con i rilievi del caso.

Sono intervenuti sia i vigili del fuoco per estrarre i corpi dall'auto, sia l'elicottero che poi ha portato i feriti all'ospedale.
Ricordiamo: sono decedute madre e figlia, mentre il padre e l'altra figlia sono stati trasportati in elicottero all'ospedale.
Le scatole nere dell'automobile e del camion nei prossimi giorni ci diranno esattamente cosa è accaduto. Ora l'unica cosa certa è che una famiglia è stata colpita da una tragedia davvero immane.

Da Julian dalla cronaca in diretta web è tutto, a voi studio.

L' ATTESA

"Carlotta, vuoi che ti porti un caffè?"

chiese Augusto. Ormai erano passate diverse ore e suo padre, con lo sguardo fisso nel vuoto, non dava cenni di cambiamento. Lì nel letto, apatico e immobile, come sempre.

"Sì, grazie Augusto, un caffè lungo e senza zucchero per favore."
"Non sarai mica a dieta?"
"No, no"

rispose Carlotta accennando un sorriso.

"Eccoti il caffè"
"Grazie Augusto. Sei stato gentile."
"Di nulla. Sai, il mio turno ora è finito, devo andare a prendere mio padre che finisce il suo turno in fabbrica. Altrimenti starei qui a farti ancora un po' di compagnia."
"Grazie ma non devi, ci vediamo comunque domani, vero?"

Carlotta arrossì.

"Certo: lavoro sempre qui! Ah, ah, ah!"

Si fece una risata e poi continuò:

“Che posso fare se non augurarti che vada tutto bene?!? Tu cerca di star tranquilla, mi raccomando. Adesso arriva il mio collega, è molto bravo e simpatico, vedrai. Se ci sono problemi suona il..”

Carlotta lo interruppe:

“Se ci sono problemi ti chiamo.. ma se non mi dai il tuo numero come posso farlo? Ogni volta che vengo mi ripeti le stesse cose.”

Risero tutti e due e Augusto prese un foglietto dalla tasca e una penna, scrisse il numero e lo diede a Carlotta.

“Ecco. Ora puoi chiamarmi se vuoi, ma solo per le urgenze, mi raccomando.”

Augusto poi tirò dritto, gli sembrava quasi impossibile averle dato il suo numero di telefono. Non ce l’aveva mai fatta preso da imbarazzo e timidezza. Carlotta rimase stupita perché da diverso tempo diceva che le avrebbe dato il suo numero ma non l’aveva mai fatto. Ormai entrambi la buttavano lì, come una battuta scherzosa. Ora ce l’aveva ed era contentissima. Non ci aveva mai pensato seriamente, ma forse in quel momento della sua vita cominciava a dare spazio anche all’amore, che si era negata fin dal giorno dell’incidente.

Entrò un infermiere del turno di notte, Eros, un uomo sui cinquant'anni dall'aria rassicurante. Era brizzolato e aveva un paio di occhiali con la montatura in plastica nera.
Passò anche il dottore, entrò in stanza, prese il polso del paziente, sentì i battiti.
Estrasse una piccola torcia dal taschino. L'accese e la passò sugli occhi di Lorenzo senza ricevere nessuna reazione. Strinse le labbra e si mise a pensare qualche istante.

"Carlotta, sai, forse ci vorrà molto più tempo del previsto, se vuoi puoi tornare domani mattina. Ormai è mezzanotte passata."
"Non si preoccupi dottore, ho molta pazienza. Aspetterò."
"Va bene, ma faccio preparare una branda qui di fianco al letto."
"No. Non serve, la ringrazio dottore."
"Va bene, comunque io starò tutta la notte in ospedale, se ha bisogno di qualcosa mi chiami o si rivolga all'infermiere."
"Sì, grazie dottore."

Benedetti si allontanò. Carlotta restò sveglia quasi tutta la notte, solo verso le cinque si appisolò sulla sedia. L'infermiere la guardava con aria paterna, voleva andare a prenderle un cuscino o una brandina ma sapeva che se l'avesse svegliata quella ragazza avrebbe cercato di non riaddormentarsi più. La vedeva molto determinata e apprezzava l'amore che provava per il padre. Lavorava in quella clinica fin dal giorno dell'inaugurazione e ricordava quella bambina con il signor Raimondo. L'aveva vista arrivare ogni giorno quella bambina. Ora stava lì seduta ed era diventata una ragazza. Alle sette di mattina, Carlotta si svegliò.

Con gli occhi socchiusi guardò il padre sempre lì nella stessa posizione di come lo aveva lasciato prima di addormentarsi.

"Vuole un caffè signorina?"
"No, no, la ringrazio. Mi alzo e faccio un giro per sgranchirmi un po'."
"Bene signorina, sto qui io, non si preoccupi."
"La ringrazio. Se ci sono novità mi faccia chiamare, penso che andrò in mensa."
"Certo."
"Bene, torno presto."

Carlotta uscì dalla stanza, prese per il corridoio e s'infilò nell'ascensore. Andò a fare una breve passeggiata nel giardino. Si fermò davanti alla statua della madre e della sorella. Davvero bellissime, pensò. Poi guardò verso il basso e vide una piccola margherita, poco più alta del suo piede, che stava sbocciando. L'osservò per qualche secondo, quel fiore la mise di buon umore senza un motivo apparente. Si girò e si avviò verso il refettorio dove voleva fare colazione. Non mangiava da mezzogiorno del giorno precedente.

"Un cappuccino e due ciambelle per cortesia."
"Subito signorina."

Prese il vassoio e si sedette su un tavolino posto all'esterno del refettorio. Mangiò la ciambella, prima mordicchiandola appena e poi a grossi bocconi. Lo faceva fin da bambina.

"Ma buongiorno!"

“Oh, buongiorno!”

Ester, già allegra di primo mattino, incrociandola la salutò raggiante. Oltre ad essere la responsabile del laboratorio di ricerca, era anche un’amica della sua famiglia, aveva circa sessant’anni e si era sposata con uno dei più cari amici di Lorenzo, Alessandro.
Amica intima di Francesca, grazie a un viaggio in Trentino con lei aveva conosciuto quel ragazzo divenuto poi suo marito.

“Allora, vedo che non hai dormito molto stanotte. Eh, signorina, sai che non devi strapazzarti troppo. Quando Lorenzo si sveglia deve vederti in forma, non sciupata!”
“Sì, hai ragione, ma speravo che la cura funzionasse subito.”
“Certo che funziona!”

disse Ester sorridendo.

“Devi avere solo un po’ di pazienza, sai, perché agisce non solo sul sistema nervoso ma anche sui tessuti, ristabilendo un minimo di tono muscolare affinché il malato, in questo caso tuo padre, dopo una così lunga inattività riesca a svolgere le più elementari funzioni motorie. Altrimenti, quando una persona sta ferma senza muoversi per così tanto tempo servirebbero mesi per riacquistare un minimo d’indipendenza motoria.”
“Sì, lo so, ma sai come sono fatta.”
“Sì che lo so, piccola. Grazie a Dio riusciremo a trattare molte malattie con le nuove cure. Ora vado da tuo padre, vieni?”
“Sì, sì, arrivo finisco in un attimo.”
“Sì, ma fa’ con calma, ok?”

Carlotta finì la colazione, si asciugò con un tovagliolino l'angolo della bocca dove le era rimasta qualche briciola e poi, assieme a Ester, si avviò ai reparti.

"E tuo nonno come sta? È qui anche lui?"
"No, Ester, è rimasto a casa. Per lui è sempre dura venire qui, lo sai. E poi, se davvero mio padre si risvegliasse, non so se il nonno reggerebbe all'emozione."
"Già, hai ragione. Prima ha perso tua madre e tua sorella nell'incidente, la sua amata figlia e nipotina per poi perdere qualche anno dopo anche tua nonna, il suo grande amore."

Rimase qualche istante in silenzio poi poggiò affettuosamente una mano sulla spalla di Carlotta e riprese con tono di stima e rispetto:

"Se penso che non ha mai mollato perché c'eri tu da crescere ed educare oltre a tirare avanti l'azienda…è un grand'uomo! Deve essere stata davvero dura."
"Già!"

rispose Carlotta mentre guardava seria Ester. Arrivate al piano imboccarono il lungo corridoio. Carlotta si soffermò un attimo a guardare in una stanza un bambino disteso sul letto con la testa fasciata.

"E a quel bambino, cosa è successo Ester? Vieni qua un attimo."

Ester stava distante qualche metro, si girò e tornò indietro, camminando con i suoi classici passi stretti e veloci.

“Non l’ho visto ieri Ester.”

Mentre Carlotta le parlava indicava con un cenno del capo il bambino
“Sì Carlotta, quel bambino sapevo doveva arrivare oggi, un caso disperato, siamo la sua unica speranza. Ha una malattia che pensavamo debellata ormai da diversi anni.”
“Che cos’ha?”
“Un cancro. Lo stiamo curando. In fondo, siamo in una delle poche cliniche al mondo in grado di occuparsi di queste rare malattie.”

Carlotta aveva gli occhi lucidi mentre continuava a fissare quel bambino che si era girato con la testa e le sorrideva. Un sorriso tenero e dolcissimo come solo i bambini sanno fare al quale lei ricambiò accompagnandolo con un cenno di saluto con la mano.

“Ma sei sicura?”
“Certo, Carlotta.”
“Sì, lo so ma sai un bambino, così piccolo, non è giusto che soffra.”
“Sì, fanno tenerezza. Ma la vita è così, nel bene e nel male.
E tu lo sai, credo!”
“Già.”

disse Carlotta salutando ancora il bambino.

Lui le rispose agitando il suo piccolo e debole braccio disteso lungo il corpo, che faticava ad alzare.

"Ciao."

disse il bambino con voce soffocata.

"Carlotta, andiamo."

La ragazza si asciugò in fretta due grosse lacrime senza farsi vedere.

"Mi scusi signorina."

Un bambino, probabilmente in visita a un parente, stava davanti a lei e la guardava.

"Sì?"
"Sa che lei assomiglia tanto alla statua in giardino?"
"Sì lo so. Sai, quella più alta è la mia mamma e quella più bassa è la mia sorellina."

Carlotta si chinò in avanti per guardare negli occhi quel delizioso e curioso bambino paffuto, coi capelli ricci e neri e la maglietta con disegnati i dinosauri; avrà avuto 6 anni.

"Oh e la tua mamma non è qui con te? O è stata congelata da qualche raggio e l'hanno fatta diventare statua?"

Lei sorrise a quella battuta buffa e gli accarezzò il viso dolcemente.

"Vedi, la mia mamma è ancora viva con mia sorella, sono qui dentro al mio cuore. Quelle statue servono a ricordarmelo quando sono triste o mi sento sola."
"Ah, capito!"

In quel momento la mamma del bambino lo chiamò e lui si girò avviandosi di corsa verso di lei per raggiungerla ed abbracciarla ad una gamba. Poi si girò e salutò Carlotta dicendole:

"Ciao signorina, e salutami la tua mamma e tua sorella."

Carlotta si sollevò felice di quel dialogo. Adorava i bambini.

"Eccoci qui."

disse Ester premendo sul polpaccio di Lorenzo ancora immobile nel letto.

"Sì è per caso mosso, infermiere?"
"No dottoressa sempre così, immobile, lo porto a prendere un po' d'aria?"
"Lascialo qui, sto sentendo che il tono muscolare si sta riprendendo. Bene! È davvero solo questione di tempo. Meglio che si riprenda quando è a letto. Non possiamo prevedere la reazione!"

“Pensi che starà male? Come reagirà?”

chiese Carlotta che aveva raggiunto la camera.

“Vedi, Carlotta, abbiamo capito che tuo padre continua a sognare, pensare a qualcosa. I nostri macchinari ci indicano che quando arriva a un certo punto il suo cervello blocca l’impulso, poi va su con dei picchi e poi ritorna indietro, per capirci. Non sappiamo dunque se al risveglio questo, unito ad altri fattori, può influire sulla sua reazione.”

“Capisco. Speriamo!”
“Stai tranquilla. Siamo o non siamo i migliori!”

Dicendo questo Ester fece una fragorosa risata che contagiò tutti quanti nella stanza.

“Mi sono perso qualcosa?”

disse il dottor Rossi, il vicedirettore della clinica che passava in quel momento.

“No, no niente, niente.. anzi, devo andare, avvertitemi se ci sono novità. Comunque qui procede tutto bene!”

Dicendo questo Ester uscì e si diresse al suo laboratorio ridendosela ancora.

“Come sta signorina Carlotta?”

"Bene grazie dottore. E lei come sta? Tutto bene anche con sua moglie e i suoi figli?"
"Sì, la ringrazio, stanno tutti bene per fortuna. Ora la saluto che devo finire il giro dei pazienti."
"Ok, buon lavoro dottore."

Il medico si allontanò. Cardiochirurgo abruzzese di fama internazionale, ormai lavorava lì da circa dieci anni insegnando e praticando metodi d'avanguardia come l'uso del bisturi con getto d'acqua. In molti pensavano potesse essere lui il futuro direttore. Alto poco più di un metro e sessanta, capelli biondi e occhi scuri, leggermente sovrappeso, era sposato con una pasticcera bolognese. Avevano da poco avuto una bambina.

Carlotta si sedette e accavallando le gambe prese una rivista sul tavolino, vicino alla tv. Una rivista di gossip che le piaceva di solito leggere per distrarsi un po'. Un paio d'ore dopo si alzò.

"Vado a sgranchirmi un po' le gambe."

disse all'infermiere di turno.

"Sì, signorina resto qua io."

Appena uscita dalla stanza squillò il cellulare.

"Sì, pronto."
"Ciao, allora com'è la situazione?"

"Nonno, sai, sembra che la cura stia facendo effetto. I muscoli stanno riprendendo un po' di tono e così Ester dice che la sequenza del risveglio sta funzionando."
"Bene, dai Carlotta, forse è la volta buona, speriamo bene!"
"Sì, nonno, secondo me Ester sa quello che dice."
"Lo so, cara, ma comunque vada noi non molleremo, ricordatelo!"
"Nonno mi manca così tanto la voce di papà, però sono ottimista."

La voce di Carlotta si spezzò, i suoi occhi diventarono lucidi.

"Nonno ora vado, ti informo se ci sono novità."
"Signorina, presto, venga!"

disse l'infermiere uscito di corsa dalla porta con aria agitata
"Cosa c'è?"
"Suo padre comincia a muoversi, ho già avvertito i medici!"

Carlotta rientrò precipitosamente in camera con il cuore in gola. Tremava quasi. Si avvicinò al letto dove suo padre stava muovendo appena percettibilmente le mani e i piedi. Muoveva anche un po' la testa. Il suo sguardo però rimaneva assente e perso nel vuoto. Con voce rotta dall'emozione disse:

"Papà, mi senti? Sono Carlotta, mi senti?"

Gli prese la mano destra e la strinse fra le sue per trasmettergli quel calore, quel suo amore.

IL RITORNO

Ad un certo punto Lorenzo aprì la bocca e ne uscì un lamento soffocato, un farfuglio senza senso. In stanza accorsero il primario, il suo vice ed Ester.

“Carlotta allontanati un attimo, ora stai calma, facciamo un’iniezione per stimolare il cervello.”

All’interno della stanza c’era molta agitazione. Carlotta si spostò a fatica dal padre. Aveva gli occhi gonfi, il viso rigato dalle lacrime.

“Caro il mio Lorenzo, ora ti faccio ancora una piccola iniezione, così fra qualche giorno potrai di nuovo riprendere in mano la tua vita. Tua figlia ha bisogno di te.”

Dicendo questo Ester inserì l’ago appena sotto la cervicale con una piccola puntura a pressione. Aveva gli occhi lucidi anche lei, all’idea di poter finalmente ridare un padre a quella figlia che le era così cara.

“Ecco. Carlotta, puoi avvicinarti. All’inizio farà fatica a parlare ma la cura è studiata per lavorare anche sulle corde vocali,

dunque è questione anche lì di poco tempo. Tu chiamalo, fallo tornare da te."
"Sì, Ester."

Carlotta ormai piangeva copiosamente da diversi minuti. Stringendo le labbra, fece un respiro e si avvicinò al padre. Mise la sedia accanto al letto e si sedette asciugandosi con la maglia le lacrime. Cominciò a parlargli stringendo fra le sue mani quelle del padre.

"Papà mi manchi tanto, ho bisogno di te, dei tuoi consigli, della tua voce, del tuo sorriso."

Gli parlava vicino al viso, ripetendo quelle parole in continuazione abbozzando un sorriso che racchiudeva tutta la sua infinita speranza e l'amore per suo padre. Lorenzo chiuse gli occhi e smise anche di muoversi trattenendo le mani di Carlotta tra le sue. All'improvviso li riaprì e prese ad urlare emettendo parole incomprensibili e stringendo sempre di più le mani di sua figlia. Carlotta sobbalzò dalla sedia e si mise le mani sul viso spaventata. Ester s'avvicinò con il primario per tenere fermo Lorenzo che tirava calci e pugni. Per fortuna era ancora debole. Ester fu raggiunta da un paio di colpi allo stomaco. Lorenzo si fermò di nuovo per poi ricominciare a urlare e ad agitarsi. Fece così per almeno mezz'ora alternando gli episodi di pochi secondi l'uno dall'altro.

"Cosa succede Ester?"

Chiese quasi urlando Carlotta sconvolta.

“Sta tornando da te, Carlotta. Dai Lorenzo ritorna!”
Ad un certo punto Lorenzo si fermò, ma questa volta rimase fermo per dieci interminabili minuti. Tutti stavano lì ad osservare, pronti a reagire a nuovi gesti inconsulti, a nuovi spasmi, ad altre crisi. Carlotta andò vicino con il suo viso a quello di suo padre. Ma subito si allontanò perché lui riprese a urlare e questa volta si capì chiaramente il nome di Francesca, Ariel, Carlotta. Poi scoppiò in un pianto dirotto.

“Sta tornando, sta tornando!”

disse Ester mentre abbracciava Carlotta e piangeva con lei.
Lorenzo si fermò nuovamente, con gli occhi chiusi continuava però a versare un fiume di lacrime. Carlotta, lasciando l’abbraccio materno di Ester, si avvicinò al padre. In quel momento arrivò anche il nonno. Stava in piedi con la mano appoggiata allo stipite della porta e mentre guardava quella scena straziante e piena di emozione il suo vecchio cuore tremava.

“Papà, sono Carlotta, mi vedi? Mi senti?”

Lorenzo riaprì gli occhi e la fissò. Nello sguardo di suo padre Carlotta cominciò a vedere come una luce. Se la felicità poteva avere una forma, essere rappresentata da una persona, sicuro era lei in quel momento. Lorenzo alzò un po’ la testa, a fatica, verso di lei. Strinse i suoi occhi in quel suo volto così pallido e scarno, per focalizzare quella ragazza che aveva qualcosa di familiare. Lei rimase immobile e incredula. Guardava fissa la mano di Lorenzo che ora si stava avvicinando piano al suo viso…

"Carlotta, Carlotta…sei proprio tu?"

disse con un fiato di voce soffocata dalle lacrime.

"Sì sono io papà, sono la tua bambina."

Lei prese quella mano e la strinse più forte che poteva.

"Questo è un miracolo. Credevo che anche tu fossi morta nell'incidente, invece sei qua."
"Invece sono qui papà, sì sono qui con te."

A Lorenzo s'illuminò il viso. Piangeva perché quella figlia che credeva perduta era viva. Dal giorno dell'incidente, non sopportando il dolore immenso della perdita della sua famiglia, dei suoi tre amori, aveva abbandonato la vita, trovando rifugio in un sogno, nel ricordo degli ultimi giorni felici con loro. I muri, le persone intorno divennero invisibili e il silenzio dominò la stanza. Persino il tempo sembrava essersi fermato ad osservare.

Padre e figlia, due cuori che battevano immobili nell'eco dei reciproci sguardi. Padre e figlia di nuovo insieme!

Il mondo di Lorenzo rinasceva e stava davanti a lui, sul volto di quella ragazza che ai suoi occhi, stanchi e pieni di una gioia nuova, tornava ad essere la sua bambina, la sua piccola Carlotta. Con uno sforzo, la mano tremante di Lorenzo raggiunse il volto di sua figlia e lo accarezzò dolcemente, con amore.

Indice

www.ingramcontent.com/pod-product-compliance
Ingram Content Group UK Ltd.
Pitfield, Milton Keynes, MK11 3LW, UK
UKHW040556210726
13854UKWH00007B/388

9 788891 165817